Dreckskerl

Alle auf den Seiten dieses Buches auftretenden Personen und Begebenheiten sind fiktiv, jede Ähnlichkeit mit tatsächlich existierenden Fakten oder Personen ist zufällig.

Damals

Dieses Haus hatte zwei Stockwerke. Der Vater des alten K. hatte es für seine Familie gebaut; er hatte gehofft, die Familie würde sich bald vergrößern: die Söhne würden heranwachsen, die Tochter käme unter die Haube, sie alle würden Wohnungen brauchen, die Kellerwohnung bliebe fürs Personal (Personal wollte die Mutter des alten K. »unbedingt, unbedingt« haben). Doch sie hatten den Krieg nicht kommen sehen; zwar sahen sie, wie alle, daß der Krieg dort irgendwo lungerte, hofften aber, wie alle, er würde vielleicht bei ihnen so schnell nicht ankommen: doch er beschloß gerade dann zu kommen, als sie es sich bequem gemacht hatten wie zum Mittagsschlaf. Der Krieg kam, zerwühlte das Bett, zerknautschte es, man mußte es neu bereiten. Nur konnte man sich nach dem Krieg Personal nicht mehr leisten, schlimmer noch, man konnte sich ein Haus in der bisherigen Größe nicht mehr leisten, also wurde das Parterre verkauft.

»Es ist ja bloß das Parterre, irgendwann kaufen wir es zurück«, sagten sie.

»Eines Tages werden wir die Tochter verheiraten, an den Mann bringen«, sagten sie, doch bald war klar, die Tochter würde so leicht nicht unterzubringen und für sie noch etwas aufzubringen sein, denn ihr war mehr nach dem Rosenkranz als nach Tanz, und genauso für die Söhne, die zum Heiraten nicht aufgelegt, überhaupt zu gar nichts aufgelegt, ausgelegt waren, Spätentwickler, wie es heißt.

Und so kam es, daß im Parterre Nachbarn einzogen, nicht sonderlich nachbarliche, ungesellige, was der Mutter des alten K. die Sache erleichterte, denn beim Verkauf des Parterre hatte sie beschlossen:

»Ich werde an diese Leute das Wort nicht richten, egal wer sie sind.«

Dafür, daß sie verkaufen mußte, dafür, daß das eigene, das Elternhaus, plötzlich ein geteiltes, ein zerrissenes Haus war. Und so tat sie über Jahre so, als hätte sich nichts geändert, als sei das Parterre nur vorübergehend ungenutzt; und über die Jahre lernten alle K.s, »die von unten« zu meiden und zu ignorieren. Der Vater des alten K. pflegte zu sagen:

»Gut wenigstens, daß es anständige Leute sind, es hätte uns schlimmer treffen können, wenigstens machen sie keinen Krach.«

Was solls, als »die von unten« nach ein paar Jahren auszogen, verkauften sie das Parterre (»so eine Frechheit, ohne unser Wissen, ohne uns zu fragen!«, empörte sich die Mutter des alten K.), und es kamen Neue »von unten«, nicht sehr vornehmer Herkunft. Man hätte sogar sagen können (wenn man es hätte sagen können, aber man konnte nicht), daß »die Neuen von unten« ganz und gar unvornehmer, gemeiner Herkunft waren, genauer gesagt waren »die Neuen von unten« (obwohl man das laut nicht präzisieren durfte, es unterlag stillschweigender Übereinkunft und finsterer Mißbilligung) direkt von der Friedhofstraße in d i e s e s Haus gezogen. Die Friedhofstraße hatte während der deutschen Besatzung »Steinstraße« geheißen, aus jenen Zeiten war ihr die scheußlich klingende Verkleinerung »Sztajnka« geblieben, und die Scheußlichkeit des Klangs unterstrich in d i e s e m Haus die Scheußlichkeit ihrer Bewohner; die Friedhofstraße wurde ausschließlich von früheren, heutigen oder künftigen Totengräbern mit ihren Familien bewohnt, nach Meinung der Eltern des alten K. war die Sztajnka eine Straße von Alkoholikern, Habenichtsen und Banditen, die sich um so fruchtbarer paarten und um so erbitterter vermehrten, je kümmerlicher das Dasein war, das sie fristen mußten, und je mehr die Hoffnungslosigkeit auf sie herabkam. Die Mutter des alten K. warf nämlich nicht einmal einen Blick auf die Tür von »denen unten«, sie verbot das auch ihren Kindern, aber die konnten es sich nicht verkneifen, das neue Türschild zu bemerken und festzustellen, daß »die von unten« so einen ulkigen Namen haben. Spodniak hießen sie, die Spodniaks, he, he, fast wie Unterhosen auf schlesisch, der Vater des alten K. stellte auch verwundert fest, daß der Name der Nachbarn nicht das unreine »a« hatte, es bot sich so an, das »a« zu verunreinen bei Leuten, die aus einem seit ewigen Zeiten schlesischen, proletarischen Viertel hergezogen waren, bot sich so an, dieses »a« zu proletarisieren.

Herr und Frau Spodniak hatten sich im Totengräbermilieu nicht lange halten können. Herr Spodniak als ortsfremdes Element ertrug all jenen Ärger nicht, für den die angestammten Bewohner der vormaligen Steinstraße sorgten; als *Reingeschmeckter* mit Perspektive wurde er von allen Nachbarn leidenschaftlich gehaßt, seine Perspektive wiederum zeichnete sich ab aufgrund seiner Beschäftigung in der Zeche, für die er sich glücklich schätzte und der er treu blieb Nacht für Nacht, denn Tagschichten bot man ihm nicht an. Als *Reingeschmeckter* mußte er sich daher mit den gutbezahlten Nachtschichten begnügen, dank deren die Bewohner der Friedhofstraße ihren Haß auf Herrn Spodniak kaum aktiv bekennen konnten, wenn er bei Tag seine Schichten ausschlief, wenn er zu normalen Zeiten nicht auf der Straße erschien, wenn er nach der Arbeit nicht in der Kneipe saß. Dafür hatte sich Frau Spodniak doppelte Verdammung eingehandelt: einmal dafür, daß sie ihre Unschuld für einen *Reingeschmeckten* bewahrt hatte, obwohl über Jahre mit Totengräberanmut nach dieser Unschuld getrachtet wurde, obwohl sie verprügelt nach Hause kam, im zerfetzten Kleid. Sie kratzte, sie zerrte an den Haaren, sie spuckte ihnen diese ihre Unschuld in die Augen; das Kleid flickte ihr die Mutter, und die blauen Flekken dienten wenigstens ein paar Tage als Schutzwall, denn sogar den Ältesten der Totengräbersippen ging das schon ans Herz. Und endgültig haßten die Halunken aus der Sztajnka Frau Spodniak dafür, daß sie sich unterstanden hatte, einen *Reingeschmeckten* zu heiraten, schlimmer noch, einen *reingeschmeckten* Bergmann, den sie verborgen hielt wie die Unschuld in der Mädchenzeit, den man bei Tag nicht sah, auf den man nicht einmal losgehen konnte, wenn er müde von der Schicht kam, dem man nicht mal die Zähne ausschlagen konnte, denn wer hätte dafür im Morgengrauen aufstehen wollen. Selbst als Herr Spodniak sich in der Zeche schon etwas eingefunden, sich verschlesiert hatte, denn sein Herz war ganz ohne Arg, selbst als man ihm schon für den halben Monat die Tagschicht angeboten hatte, wählte er freiwillig die Nachtschicht, um schneller zu verdienen, schneller zu sparen, schneller von der Friedhofstraße wegziehen zu können. Solange kam Herr Spodniak im Morgengrauen nach Hause, ging, ohne seine Frau zu wecken, ins Bad, zog sich aus, ließ heißes Wasser ein, und während es in die Wanne lief, schaute er in die Küche, wo auf dem Tisch ein Zettel mit den von Frau Spodniak aufgelisteten Einbußen des Tages lag, und »sie homn die Schüppa schmüssen, doß die Bliemel runterfolla sind, zick Fenstar und Blumentopp ob«, und daß die Tür gestrichen werden müsse, denn »die homn die verfluchten Kerla zerkrotzt, mütm Messer oder wos«, jedesmal aber bat Frau Spodniak zu diesem Abzählreim: »Ober zähl gut nach, ob noch viel fehlt zum Umzug, long holt ich nämlich das nimma aus«, dann nahm er den Zettel mit ins

Bad, und noch in der Wanne las, zählte, rechnete er und schlief ein. Also weckte Frau Spodniak ihren Mann jeden Tag, indem sie das Wasser aus der Wanne ließ, half ihm ins Bett, das von ihr noch warm war, zog die Vorhänge zu und ging aus dem Zimmer.

Schließlich hatte Herr Spodniak soviel beisammen, daß sie die Wohnung in der Friedhofstraße verkaufen und zum Gelegenheitspreis eine neue kaufen konnten, im Parterre dieses Hauses, was für ein Zufall ... Und als das vollbracht war, als Herr Spodniak das Ziel seines Lebens erlangt und sich und seiner Gemahlin eine Existenz frei vom Alptraum der Sztajnka-Siedler gesichert hatte, schwängerte er vor Freude Frau Spodniak und ergab sich guten Gewissens dem Laster der Trunksucht.

Über die Parterrebewohner wurde in diesem Haus nicht gesprochen, alle K.s lebten in der unabänderlichen Gewißheit, ein ganzes Haus zu besitzen, sie behandelten die Wohnung unten als Leerstand und gingen an den Nachbarn vorbei, ohne den Blick auch nur flüchtig auf ihnen ruhen zu lassen. Die Mutter des alten K. brachte ihren Kindern bei:

»So sind die Zeiten, daß die Aristokratie Tür an Tür mit dem Pöbel wohnen muß, aber das wird sich alles ändern.«

»Weiß Gott wann«, warf der Vater des alten K. bissig ein.

»O ja, Gott weiß, wer wir sind, er wird uns all das lohnen«, schloß die Mutter des alten K.

Man behandelte die Spodniaks wie Luft und nahm das Verhältnis der Stockwerke als klare Metapher für die gesellschaftliche Hierarchie.

»Mit unten werdet ihr euch nicht abgeben, nur über meine Leiche«, pflegte die Mutter des alten K. zu sagen.

Indessen wurde Herr Spodniak von Schlaflosigkeit geplagt, und so beschloß er seine Rückkehr zur Nachtschicht.

Mit Ausnahme der Feiertage freute er sich des häuslichen Lebens für einige Nachmittagsstunden, vom Mittag- bis zum Abendbrot saß er in seiner Ecke in der Küche und betrachtete still die Fortschritte seines Sohnes im Erringen der Zweibeinigkeit; da saß er bei einer Flasche Wodka, ohne die er schon nicht mehr über die Welt staunen konnte, ohne die er die Heimtücke des Schicksals nicht begreifen konnte, das die Bitten um weniger böse Nachbarn so großzügig erhört hatte. Familie K. war sich des Glücks nicht mal bewußt, das ihr unablässig hold war, denn Herr Spodniak war dank seines sanftmütigen Charakters ein sogenannter introvertierter Alkoholiker. Obwohl er konsequent einen halben Liter Wodka täglich trank, tat er das für sich, in der Abgeschiedenheit des häuslichen Herds, ohne die Stimme gegen seine Frau zu erheben, wozu sie ihm auch keinen Anlaß gab, sie wußte, daß er nicht aufhören würde zu trinken, ehe er es beschlossen hätte (sie wollte nicht wissen, daß er beschlossen hatte, nicht aufzuhören). Mit den Jahren wurde seine Stimme immer schwächer, die Augen immer glupschiger, immer unverständiger, aber unverändert frei von Aggression, voller Bejahung dieser Welt, die ihm diese Behaglichkeit eines eigenen Platzes gab, die vielleicht frühere Spodniak-Generationen nie gekannt hatten, eines Platzes in der Küche, vor der Flasche, eines Platzes, von dem er das tägliche Wirtschaften seiner Frau und die Spiele des Sohnes verfolgen konnte. Als aber der Sohn der Küche entwachsen war und Herr Spodniak, der Gnade des in dieser Branche frühen Ruhestands teilhaftig, nicht mehr in die Zeche einfahren mußte, stellte er seinen Stuhl ans Fenster, erhöhte die Tagesration auf anderthalb Flaschen und schaute den Baum an. Denn genau vor diesem Fenster verstellte den Blick auf die Welt eine imposante Eiche, gepflanzt vom Vater des alten K., dem Erbauer d i e s e s Hauses (der Vater des alten K. behauptete, bei jedem Haus müsse ein ihm gleichaltriger Baum wachsen, um daran zu erinnern, daß das Haus altere). Jeden Tag also blickte Herr Spodniak aus seiner Ecke auf die Eiche, beobachtete die quirligen Spatzen im Astwerk, die trägen Tauben, schaute und lauschte. Und Herrn Spodniak schien, daß in dieser Stadt selbst die Tauben seine Lieblingsmannschaft anfeuerten, als er die Tagesdosis Alkohol um ein Bier erhöhte, denn seine Frau war nach Jahren der verlängerten Mutterschaft hinter die Theke des Lebensmittelladens zurückgekehrt (»Loß dia den Wodka, Kerla, ich brüng dia Bier«). Als er also diese Dosis erhöht hatte, hörte er deutlich, daß die Tauben »Blau-e, blau-e« skandierten, aber das paßte den frechen Saatkrähen nicht, die sich breitmachten und die Tauben, die Spatzen und sogar die Meisen verjagten, Herrn Spodniak taten besonders die Meisen leid, im Winter, wenn sie so wehrlos wirkten. Im Winter beschloß Herr Spodniak die Dosis auf einen halben Liter Wodka und einen Liter Bier am Tag zu erhöhen, und als er dies in die Tat umgesetzt hatte, erkannte er eines Tages, daß es Zeit war, loszugehen und alle Saatkrähen aus der Stadt zu verjagen – sollten sie dahin zurückfliegen, woher sie gekommen waren; an diesem Tag fühlte sich Herr Spodniak in der Stadt endgültig heimisch, er hatte längst vergessen, daß er einmal ein *Reingeschmeckter* war, ging die Saatkrähen verjagen und kam zur Nacht nicht zurück. Frau Spodniak rannte trotz des klirrenden Frosts zur Zeche, um zu prüfen, ob er sich nicht vertan, ob er nicht Sehnsucht nach der Arbeit bekommen hatte; Frau Spodniak fragte, suchte, faßte sich an den Kopf, »ohne Mitza issa los bei der Kälta«; der Spodniak-Sohn beteiligte sich auch an der Suche, das aufsehenerregende Verschwinden seines Vaters rüttelte seine Spielkameraden vom Hof auf, trotz des

Schneetreibens hatten sie ihren Spaß, sie rannten durch die Schneewehen und riefen, aber nichts, nichts. Am Morgen, auf dem Rückweg von der Suche, stieß Frau Spodniak im Park auf ihren Mann, die Meisen fraßen ihm aus der steifen Hand Speck.

Frau Spodniak hat ihren Mann wohl laut und lange beweint, denn die Mutter des alten K. entschloß sich damals zum ersten und letzten Mal im Leben, die Mauer des nachbarlichen Schweigens zu durchbrechen, sie stieg die Treppe hinab, schlug mit dem Stock an die Tür und rief:

»Ist es hier bald still!!!«

Bis es still war.

Der Vater des alten K. pflegte zu sagen, er werde sterben, wenn seine Eiche das Dach erreiche; er sagte, bis dahin würden viele Jahre vergehen, und er wollte, daß seine Kinder dann eigene Kinder hätten und nach seinem Tod den Baum fällten, aus dem Holz einen Sarg bauten und ihn darin begrüben. Leider überwuchs der Baum das Haus nach dreißig Jahren, doch weder der alte K. noch seine Geschwister dachten an Ehe, ihre Mutter aber versank unbeirrt in eine Demenz. Sie vertrieb alle Freundinnen ihrer Söhne mit Wasser, das sie aus dem Fenster goß; und die Tochter bewachte sie so streng, daß niemand begossen werden mußte. Der Nachbarin Spodniak, die nach dem Auszug des erwachsenen Sohnes das hochmelancholische Dasein einer einsamen Rentnerin führte, legte sie Hundescheiße auf die Fußmatte; sie zog mottenzerfressene Kleider und Vorkriegspelze aus dem Schrank, setzte verschossene Hüte auf und spazierte, auf einen Spazierstock gestützt, durch die Stadt; jeden Tag schrie sie sich die Seele aus dem Leib und übertönte die parallel vom Grammophon gespielten Opernarien. Unablässig predigte sie ihren Söhnen, sie sollten an ihre Herkunft denken, dürften sich keine Mesalliance erlauben, müßten den ihnen gemäßen Umgang suchen.

Vor ihrer Heirat hatte die Mutter des alten K. das etwas freudlose Dasein einer von fünf Töchtern eines Kesselheizers gefristet, welcher seinerseits, als Witwer, um die vielköpfige Familie zu unterhalten, achtzehn Stunden am Tag an fünf verschiedenen Stellen arbeitete und deshalb nur zum sonntäglichen Mittagessen nach Hause kam. Seine Hände waren so hart, daß seine Kinder, wenn er sie drückte, blaue Flecken zurückbehielten. Er liebte seine Töchter grenzenlos, jeder einzelnen widmete er einen eigenen Kessel, jede Schaufelbewegung war ein konkretes Opfer, der Mutter des alten K. fiel ausgerechnet das Krankenhauskrematorium zu, und so dachte er an sie, wenn er alte Verbände, blutige Bündel und amputierte Glieder ins Feuer schaufelte, die niemand zum Andenken aufheben wollte. Kaum daß eines der Mädchen Brüste und Hüften bekam, lud der Vater zum sonntäglichen Mittagessen einen der Söhne seiner Heizer-Bekannten ein, zufrieden betrachtete er das Spiel von Blicken und roten Wangen, worauf er erleichtert den ersten Spaziergang zu zweit absegnete, und den trennte gewöhnlich nur kurze Zeit vom endgültigen Segen.

Irgendwann verlor der Vater den Überblick über das Alter seiner Lieben, zu viel Sammlung kostete ihn das Addieren der abgearbeiteten Stunden und ihr Umrechnen in Geld, das gewöhnlich doch nicht reichte; und so stellte er, nach nur flüchtigem Abschätzen ihrer weiblichen Attribute, der Töchter Heiratsalter fest. Die Mutter des alten K. umschnürte sich deshalb die nach Leben und Liebkosung drängenden Brüste und ging immer im selben, ungeschickten Kleid, um bloß den Tag des Jüngsten Gerichts hinauszuschieben, als aber sie an die Reihe kam, raffte sich der Vater, vom langen Reifungsprozeß seiner Tochter beunruhigt und nachdem er Gott vorsorglich um Vergebung gebeten hatte, zu einer kleinen Untersuchung auf, durchs Badezimmerschlüsselloch gewahrte er die vergeudeten, eifrig verborgenen Formen und erklärte:

»Sonntog kommta Sohn vom Helmut zum Essen, moinem Kollega von da Orbait.«

Und noch:

»Tochta, moch a guta Rindssupp.«

Die Mutter des alten K., der sechs Tage von Vatersorge freie Bedenkzeit blieben, nahm in der Stube die Vorhänge von den Fenstern, nähte sich ein Kleid und begab sich Samstag nacht mit einem festen Vorsatz zum Tanzvergnügen. Sie interessierte sich nicht für die couragierten Jungen, die zum Tanz aufforderten, die anbändelnden, ermunternden, ihr Augenmerk galt den Stühlen an der Wand, auf denen sich in Schüchternheit befangene junge Melancholiker wanden, die mit hungrigen Blicken die auf dem Parkett wogenden Kleider, die in Reigen und Drehungen blinkenden bloßen Beinchen, die im Verneigen die Geheimnisse halbrunder Schatten lüftenden Dekolletés umstrichen; diese jungen Kerle, gepeinigt vom Laster der Onanie, leerten den nächsten Schoppen zur Ermutigung und Koordination der Sinne, was solls, wenn sie noch immer nicht in der Lage waren, sich von ihren Sitzen loszureißen und eines der Fräuleins, das häßlichste wenigstens für den Anfang, zum Tanz aufzufordern? Sie verloren sich also der Reihe nach in alkoholischen Träumen oder widmeten sich Gesprächen innerhalb des eigenen Geschlechts, bemüht, ihre Komplexe gemeinsam erträglich zu machen. Die Mutter des alten K. suchte sich schließlich einen Jungen aus, der trotz seiner unerschütterlichen Stellung an der Wand weder zum Glas noch zum Gespräch Zuflucht nahm; einen Jungen, der vollkommen einsam mit nüchternem, ausdrucksvollem Blick die tanzenden Paare ansah und auch die gerade nicht zum Tanz entführten Mädchen; mit einem Blick, der um Erbarmen flehte, denn obwohl der Junge edle Proportionen besaß, litt er an dem Gebrechen der absoluten Unauffälligkeit; er gehörte zu denen, über die wir auf der Straße stolpern und selbst dann noch nicht sehen, wenn sie sich umdrehen und brüllen, man könne sich wenigstens entschuldigen. Dem Jungen stand die Chronik der Liebesdebakel ins Gesicht geschrieben, was ihm einen wildentschlossenen Ausdruck gab; es war gerade so, als würde er sich augenblicklich zum Gewaltakt eines sofortigen Antrags an die wohl am wenigsten anspruchsvolle Frau entschließen und bis ans Ende seiner Tage in einer tragischen Ehe steckenbleiben (denn daß er zu denen gehörte, die sich eben nicht scheiden lassen, sah man auch auf den ersten Blick). So kam die Mutter des alten K. dem unbedachten Schritt des Jungen zuvor und suchte sich, indem sie ihn persönlich zum Tanz aufforderte, selbst einen Mann.

Der Vater des alten K. träumte von einem Eichensarg, denn er dachte an seinen Opa Alfons. Die ältesten Familienmitglieder waren im Alter von Alfons' späten Kindern, niemand kannte eigentlich seinen Taufschein; sämtliche Kinder, ihre Kinder und Kindeskinder liebten es, auf seinem Schoß zu sitzen, ihn an den grauen Zotteln zu ziehen und zu fragen:

»Opa, mogscht mia?«

Und immer bestätigte Opa Alfons, daß er das Kind mogschte, und niemals verwechselte er einen Namen, obwohl sich viele schon wiederholten. Opa Alfons war robust trotz seiner nahenden angeblichen Achtzig, er hatte eine aufrechte Haltung, eine feste Hand und zog – obwohl es vielen seiner Nachkommen lieber gewesen wäre, daß er endlich schrullig würde, damit man mit seiner Person nicht mehr rechnen müßte – bei jeder Familienfeier den größten Teil der Aufmerksamkeit auf sich; alle Schwiegertöchter flüsterten ihren Männern ins Ohr:

»Dein Vater hält sich ja, und du, alte Kuttel?«

Sie brachten sie damit zur Weißglut, aber keiner von ihnen wagte, ihn schief anzusehen, Opa Alfons konnte mit einem einzigen Blick eine Frau, ein Kind entwaffnen, genauso leicht aber konnte er auch einen seiner Nachkommen am Stuhl festnageln, daß er sich überhaupt zu rühren, seinen mageren, vom harten Sitz schmerzenden Hintern zu erleichtern fürchtete, daß er fürchtete, Alfons könnte tadelnd, verächtlich schauen und bemerken:

»Wos ist das für a Gemäkl bei Tisch, frog ich mia, oder hot hier oina Würma im Orsch?«

Der Vater des alten K. war für Opa Alfons einer der liebsten Nachkommen; dieser wiederum hielt ihn für einen Riesen, der hätte sogar den Krieg allein gewonnen, wenn er ihn noch erlebt hätte, das sagte er immer zum alten K. und seinen Geschwistern.

»Schade, daß Opa Alfons den Krieg nicht mehr erlebt hat, er hätte sich bestimmt was ausgedacht, daß uns dieser Krieg nicht mal gestreift hätte, ach, wer weiß, ob er überhaupt ausgebrochen wäre, wenn der Opa noch gelebt hätte, ganz bestimmt wäre er schon vor seinem Ausbruch zu Ende gewesen.«

Wenn der Vater des alten K. als Kind mit den Nachbarskindern gewettet hatte, wessen Opa besser ist und warum, endete er letztlich immer damit, daß Opa Alfons, der reiße ganze Bäume aus für Feuerholz, mit einer Hand, und aus den Zweigen mache er sich Zahnstocher, und niemand protestierte, denn über Alfons gingen sogar in den Nachbarhäusern Gerüchte. Die Gerüchte besagten, er sei so alt, weil der Tod sich vor ihm fürchte; er könne ihn nicht überraschen, denn Alfons habe Augen rund um den Kopf, er könne ihn nicht im Schlaf erwischen, denn Alfons schlafe nur halb – wenn die linke Seite schläft, ist die rechte wach und umgekehrt. Der Tod fürchtete sich vor ihm gemeinsam mit dem Alter, denn Alfons war niemals vom Wurm einer Krankheit angenagt, auch wenn in seinem Garten die zu Ehren seiner Geburt gesetzten Bäume schon der Reihe nach starben. Alfons bewohnte eine Hütte in einer fernen Vorstadt, niemand schaute dort bei ihm herein, er kam immer selbst, wenn er wollte, er schämte sich wohl, in dem spartanischen Häuschen mit Tischlerwerkstatt Gäste zu empfangen.

Niemand wußte also, daß Opa Alfons seit zwanzig Jahren im Eichensarg schlief, den er sich selbst gehauen hatte, denn er wollte der Familie keine Sorgen bereiten, und er ahnte wohl, daß er, bevor es diesen seinen Angehörigen einfiele, bevor sie nachsehen kämen, warum er nicht mehr auftaucht, wahrscheinlich längst dabei wäre, mit dem Fußboden zu verfaulen. Wenn ihn der Knochenmann aber jetzt im Schlaf erwischte, dann schon im Sarg, und dann würde er vielleicht so nett sein, ihm noch diesen letzten Atemzug zu geben, daß er sich auf die Hände stützen und den Deckel auf ewig schließen könnte.

Nur daß der Tod es erst auf Einladung wagte, Alfons zu holen, als der prüfen ging, ob »der Künoopporot würklich soviela taugt, wie mo üba ihn sogt«. Er fuhr in die Stadt zur Wochenschau und sah den Papst, denn es wurden gerade Szenen aus dem Vatikan gezeigt. Und Opa Alfons hatte oft gesagt:

»Jatz möcht ich nur noch da Pobst sehn und sterbn ...«

Und da nahm ihn der Tod beim Wort und hielt ihn fest, zu fest, als daß er hätte protestieren können, und führte ihn zum Tanz, in einen Tango weiß und kalt wie ein Knochen.

Der Vater des alten K. hatte Brüder gehabt. Keine einzige Schwester – ganz unwillkürlich fanden er und die Mutter des alten K. sich vollkommen symmetrisch zusammen. Der Vater des alten K. *hatte* Brüder *gehabt*, aus verschiedenen Gründen hatte nämlich der Tod ihre Reihen gelichtet, trotz der inständigen Bemühungen beider Eltern, mit der Erneuerung der Sippe nachzukommen. Scharlach, ein Topf mit kochendem Wasser, dann requirierte zweimal die Wehrmacht die jüngeren K.s für die Dauernutzung durch den Knochenmann, daß also nur der Vater des alten K. und ein Bruder – genannt Lolek – diesen Ast des Stammbaums bis in die Volksrepublik fortsetzten. Lolek arbeitete als Pfleger in der Psychiatrie; die Familie hatte irgendwo gelesen, damit erwerbe man drei Prozent Verrücktheit im Jahr, und gestaltete den Kontakt zu Lolek von Jahr zu Jahr ein wenig lockerer. Als Kind hatte der alte K. ihn vergöttert, denn in seinem Verhalten hielt Lolek das Versprechen einer Welt als unendlichem Spielplatz länger als jeder andere Erwachsene. Wenn wir Kinder sind, geben uns alle Erwachsenen mit ihren infantilen, lispelnden, tändelnden Vergötterungen zu verstehen, daß die ganze Welt aus Kindern bestehe und wir der »mein D-ottchen, was sind die d-süß«-Welt Nabel seien. Kaum gelingt es uns, diesen Schwindel für bare Münze zu nehmen, werden sie plötzlich ernst, hören mit den Albereien auf und verübeln uns, daß wir selbst nicht aufhören wollen. Sobald wir aber an dem ersten Mimikry Geschmack finden, tadeln sie uns und geben ein neues Beispiel, nur wie anders und unattraktiv! Unter diesen unwiderruflich gealterten Marionetten genießt nämlich der am ehesten Autorität, der seines Alters Würde gering veranschlagt, der es bei Familienfesten mit uns aufnehmen kann unter dem Tisch, wenn wir die ihre Besitzer verpetzenden Füße anschauen, der mit uns Fußball spielt trotz Matsch und Regen, der sich über sich selber lustig machen kann.

So einer war für den alten K. Onkelchen Lolek, der nach fünfundzwanzig Jahren Arbeit in der Klapsmühle als (nach Berechnung der Familie K.) fünfundsiebzigprozentiger Bekloppter starb. Doch unter der Kuratel seiner Mutter wuchs der alte K. überaus schnell heran – und da fühlte Lolek sich im Stich gelassen von seinem Spielkameraden, der ihm doch lebenslange Treue geschworen hatte im Gegenzug für eine heimliche Einführung in die Station. Der alte K. hatte als Kind Loleks Schutzbefohlene zu sehen bekommen, die übrigens vollkommen fügsam waren von den Barbituraten, auf dem Anstaltsgelände schläfrig Gartenarbeiten ausführten, und er konnte sich nicht genug darüber wundern, wie echte Verrückte so artig sein konnten. Lolek erklärte ihm, daß sie »nur so tun«, und da erschrak der alte K. richtig, denn er begriff, wenn ein Verrückter so gut den Artigen spielen kann, dann kann jeder ein Verrückter sein, und es erwachte in ihm für immer der Argwohn: auf Verdacht mißtraute er allen, nur vorsichtshalber, bei der kleinsten Abweichung von der Norm, die er selbst setzte.

Nach Loleks Tod konnte die Familie schon unbesorgt zum Begräbnis erscheinen, sicher, daß keinerlei Verantwortungslosigkeit mehr vorkäme; alle K.s konnten endlich in Loleks Beisein vollen Ernst bewahren, er selbst konnte sie dabei schon nicht mehr stören, durch den Tod wurde er wieder zum vollgültigen Familienmitglied, der Tod zeichnete ihn aus mit dem Orden Der Zusammengepressten Lippen, der in dieser Familie am liebsten gesehenen Ehre.

Und dann, als Loleks Wohnung geräumt wurde, fand der alte K. in der Kredenz seines Onkels dessen Lebenswerk. Lolek hatte über Jahre an einem Roman geschrieben, dessen Monolog so treu wie möglich die Psyche eines Wahnsinnigen darstellen sollte; der alte K. fand einen Stapel Papier nach dem anderen, die jeweils eine Etappe der Arbeit am Buch kennzeichneten – Lolek vervollkommnete, korrigierte und verifizierte diesen Strom des irren Bewußtseins permanent anhand seiner beruflichen Beobachtungen, beraubte ihn der Logik, und als er dann nach einem Vierteljahrhundert erkannte, daß das Werk vollendet, daß es ihm gelungen war, ein Buch zu schreiben, das die Arbeit eines kranken Geistes mit idealer Präzision imitierte, schickte er es an einen Verlag. Aus der von Lolek für sich skizzierten Übersicht ging hervor, daß er eine Kriegsgeschichte schreiben wollte. Über einen Mann, der mit der fixen Idee geschlagen war, daß sich ohne sein Wissen im Keller eine jüdische Familie verstecke, denn in ihm bissen sich Schuldgefühle mit Angst. Sein jüdischer Freund hatte eines Tages mit Frau und Töchtern an die Tür geklopft; er stand in dieser offenen Tür und mußte gar nicht einmal etwas sagen, denn seine großen Augen sprachen, denn seine großen Augen sagten alles, denn in der Tür stand die Angst in einen schmutzigen Staubmantel gekleidet, denn im Rücken der Angst standen ihre Konsequenzen, stand ihre Vervielfachung. Der Mann – Loleks Held – blickte der Angst in die Augen und dachte, daß er genau in diesem Moment eine Entscheidung treffen müsse, die Gewicht hätte für sein ganzes Leben, aber er war auf eine solche Entscheidung nicht vorbereitet, am Sonntag nach dem Frühstück, noch in Pantoffeln, mit noch nicht ausgetrunkenem Kaffee und nicht ausgeführtem Hund, auf solche Augen war er nicht vorbereitet, er stand also und fürchtete sich; er schaute die Töchter des Juden an und dachte an seine eigenen Söhne und an den Kaffee, und an den Hund, und an die Sonntagsmesse, und an den Nachmittagsspaziergang, und er verstand plötzlich, daß, was immer er tun, wie immer er sich verhalten würde, nichts mehr so bleiben würde, wie es war; ob er die Tür vor der Nase dieses schweigenden Menschen schließen oder ob er ihn ins Haus lassen würde, um eine fremde Existenz zu retten und die eigene zu gefährden – sein Leben würde sich für immer ändern, seine Augen würden sich für immer ändern und würden dieselben sein wie diese jüdischen Augen. Und er stand da und wünschte, daß die Zeit so lang wie möglich stillstünde, er stand da mit dem unausgetrunkenen Kaffee in der Hand, der leicht auf der Untertasse klirrte, denn seine Hand zitterte, je länger er mit dem Juden so von Angesicht zu Angesicht stand, desto lauter klirrte Tasse an Untertasse und erinnerte unerträglich daran, daß dies das Leben war und keine Photographie, daß die Zeit lief. Und Loleks Held senkte den Blick, schloß die Tür vor jenem Gesicht, vor jenen Gesichtern dahinter, und dann schob er die Riegel vor, und dann, Stufe um Stufe ins nächste Stockwerk steigend, in die Wohnung, aus deren angelehnter Tür unerbittlich sonntägliche Wärme strömte, fiel ihm ein, daß der Kaffee schon fast kalt war. In dem Moment, als er Tasse und Untertasse fallen ließ, als er mit stoischer Ruhe, ja, mit Befriedigung schaute und hörte, wie das Porzellan auf dem Marmor zersprang, in dem Moment stand in der Tür seine Frau und fragte, was passiert sei, und er, Loleks Held, begriff, er würde auf diese Frage weder ihr noch irgend jemandem sonst jemals antworten können. Von da an raubte ihm die Angst konsequent die Besinnung, Tag und Nacht stieg er Dutzende Male in den Keller, um zu prüfen, ob sich dort jemand versteckte, er verdächtigte seine Frau und sogar die Kinder, daß sie heimlich Juden versteckten, aus dieser Angst ließ er die Familie in Kleidern und Schuhen schlafen, damit sie jeden Augenblick zur Flucht bereit wären, wenn es herauskäme, wenn die Nachbarn ihn denunziert hätten (»der Kerla hot Judn«), wenn vor dem Haus die Gestapo vorführe; er redete so inständig auf sie ein, daß sie zwei Jahre lang in Kleidern schliefen. Am Ende schloß er sie im Haus ein, sie zeigten sich nicht mehr, gingen nicht mehr aus, alle Fenster und Türen waren verriegelt wegen seines Wahns, wegen seiner Angst, dort drinnen durchlebten sie den eigenen Alptraum, schlimmer als der Krieg, eingeschlossen mit diesen seinen Augen. Sie wußten, sie konnten ihn nicht in die Anstalt bringen, denn die Nazis hatten die Irrenhäuser befriedet (Lolek wußte am besten, daß man sich im Krieg in der Psychiatrie wesentlich schneller hochprozentigen Wahnsinn zuziehen konnte), um ihm also das Leben zu retten, saßen sie dort über Monate fest und ernährten sich von den Vorräten.

So sollte in Kürze die Geschichte des Wahnsinnigen aussehen, erzählt von ihm selbst aus der Feder Loleks, in dessen Zetteln der alte K. auch die offizielle Antwort des Verlags fand. Eine Absage, begründet mit der vollkommenen Verworrenheit des Werks, man hatte sich sogar einen Anflug von Sarkasmus erlaubt, eher handle es sich sogar um Verwirrtheit, das sei, ehrlich gesagt, reines Gestammel, und kein Leser, der bei Verstand sei, werde sich auch nur durch zwei Seiten quälen. Der alte K. hatte niemals erfahren, ob Lolek das als die Niederlage seines Lebens betrachtete oder als letzten Beweis der Wirkung seiner Empathie.

Von seinen verhinderten Vater-Onkels wußte der alte K. soviel, daß sie »allesamt tot und gestorben« sind; er dachte an sie bei den familiären Friedhofstreffen zu Allerheiligen, dachte an sie mit diesem unangenehmen Gefühl der Unruhe, mit dem ein Kind das Grab eines anderen Kindes betrachtet, von dem die Erwachsenen, um das Maß der Vorgefühle vollzumachen, sagen: »Schau, und das war dein Onkel, er ist jünger gestorben, als du heute bist«; der alte K. war so ein trauriger Knirps, in dessen Augen die vom Wind gezausten Flämmchen des ewigen Feuers züngelten; der alte K. war so ein Junge, der kein Licht anzünden durfte, denn der Wind weht und man muß das Streichholz abschirmen können, dafür sind die erwachsenen Männer da, der alte K. mußte schön die Händchen falten und für die Seelen der verhinderten Onkels beten, die »allesamt tot und gestorben« waren, bevor ihre Leben sich in irgendeine Erzählung gekleidet hatten; die verhinderten Onkels des alten K. existierten nur noch in den bündigen Erzählungen von ihrem Tod, niemand erinnerte sich, wie sie lebten, denn sie hatten das Leben nicht ausgekostet, man erinnerte sich nur, wie sie starben, Scharlach, ein Topf mit kochendem Wasser und die Wehrmacht, und einer nur, der älteste der Verhinderten, blieb mit seinem Leben im Gedächtnis, von einem nur erzählte dem alten K. sein Vater während der Friedhofsgänge, den Wanderungen durch die Alleen, nur »von dem Onkel, der Maler werden sollte«, der alte K. hörte sich die Erzählungen an, nachdem er seine Kerze ans Friedhofskreuz gestellt hatte ins Dickicht der brennenden Kerzen für die unbestatteten Seelen, für die verschollenen Seelen, für die nichtverabschiedeten Seelen; auf diese Kerze hatte der kleine alte K. ein Recht, die Kerze für den verhinderten Onkel Gucio, der Maler werden sollte.

Gucio war ein unheilbarer Melancholiker; ohne das Wohlwollen und das Reaktionsvermögen seiner Nächsten wäre er wohl, statt es mit dem eigenen Talent aufzunehmen, zum eingefleischten Selbstmörder geworden. Die Schule beendete er nachlässig, sozusagen nebenbei, mit Diplomen und Auszeichnungen, die er auf dem Nachhauseweg meist in irgendeiner Schenke verlor, wie es sich für einen von Anfällen schwarzer Galle geplagten Jüngling ziemte, denn er trank schon in den Gymnasialjahren, viel und finster; die Runde der Kneipbrüder war seiner Gesellschaft ziemlich bald überdrüssig, denn im Suff redete er immer vom Tod, also gab sich Gucio seinen Stimmungen nur noch einsam hin. Im Elternhaus begegnete man ihm mit Anerkennung für sein Talent, aber auch in dem Bewußtsein, daß er die Familie keinesfalls repräsentieren müsse, daß es besser war, ihn beizeiten in Ruhe zu lassen an Feiertagen und Festen, denn er würde in unversöhnlichem Schweigen bei Tisch sitzen, sich Rotwein nachgießen, bis die Flasche leer war, und dann würde er vom Tisch aufstehen und grußlos in seine Zelle gehen (so nannte er sein Zimmerchen im Haus) und über die Vergänglichkeit nachsinnen. Als Gucio der Familie mitteilte, daß er bei der Akademie angenommen sei und ausziehe, um die Kunst der Malerei zu erlernen, atmete die Familie erleichtert, aber auch überrascht auf, denn alle hatten sich schon mit dem Gedanken an sein unentrinnbares Noviziat abgefunden, Tanten und Onkel wiederholten ständig:

»So ein Empfindsamer wird in den heutigen Zeiten entweder verrückt oder geht ins Kloster.«

Also fuhr Gucio in die große Welt, ohne die Familie in irgendeiner Weise mit Kosten zu belasten, denn sofort gewann er die Wertschätzung der Professoren und ein entsprechendes Stipendium; selten quälte er sich einen Brief ab, in dem das aufmerksame Mutterauge zwischen den galanten Zeilen, in der zittrigen Linie der Schrift, in den stärker als sonst geneigten Buchstaben ungewöhnlich intensive Anfälle von Melancholie gewahrte, die Gucio zu erleiden hatte und vor denen er sich mit allen möglichen Mitteln zu retten suchte, gewiß auch dem eines Briefs an die Familie. In Wahrheit fand Gucio an der Kunst keinerlei Freude, denn trotz des wahrgenommenen und gehegten Talents blieb er einsam, und die Todesängste suchten ihn seit seiner Verschreibung an die Kunst immer häufiger heim. »Wozu das alles?« fragte Gucio, wenn er die Leinwand grundierte, »Für wen das alles?« fragte er sich im Geist, wenn er die Blendrahmen bereitmachte, »Worauf läuft das alles zu?« fragte er sich, wenn er das Bild lasierte. Die besten Noten, die er für jedes Bild bekam, weckten bei seinen Konkurrenten wachsende Abneigung; seiner eigenbrötlerischen Veranlagung halber merkte er nicht einmal, daß er ab einem gewissen Moment die Beteiligung an »Kennlern-Treffen« weniger verweigerte, als daß man ihn überhaupt dazu nicht mehr einlud. Die Professoren sagten ihm:

»Vergessen Sie nie die Leidenschaft; ohne Leidenschaft gibt es keine Kunst; Kunst gibt es nicht ohne Risiko; man muß in sich die Sinne schärfen, den Nerv, die Raserei kultivieren, Sorge tragen, daß man sich über das Leben erhebt, irgendwo dort an der Grenze des Wahnsinns das auffangen, was die Essenz ausmacht, das, was wirklich das Werk ausmacht, und dann zurückkommen – balancieren und zurückkommen; vergessen Sie nie, daß es in der Kunst keine

Ruhe gibt, als Künstler kommen Sie niemals zur Ruhe, und der heiligen Kunst zu entsagen um der alltäglichen Ruhe willen ist ein Verbrechen.«

Doch für Gucio gab es nichts Heiligeres als die Ruhe, und nichts ermüdete ihn in seiner Alltäglichkeit so sehr wie die Malerei; allzu leicht erlangte Gucio die technische Meisterschaft, zu schnell, als daß er sie als Ergebnis eigenen Fleißes hätte betrachten können – doch es zeigte sich auch, daß Gucio dort, wo man die Technik durch Leidenschaft verstärken, dort, wo man sich der Inspiration hingeben muß, auf eine undurchdringliche Mauer stieß und nichts fand als Angst, Überdruß und Melancholie. Mit einem beträchtlichen Vertrauensvorschuß seiner Förderer beschenkt, setzte er ihre Geduld aufs Spiel, denn auch sie begriffen schließlich, daß Gucio vielleicht ein kapabler und begabter Maler war, doch auch panische Angst davor hatte, Künstler zu sein. Als Gucio fühlte, daß dieser bisher festeste Boden, auf dem er stand, ihm unter den Füßen weich wurde; als er ahnte, daß die wichtigste Rechtfertigung der eigenen Existenz, die ihm bislang zur Verfügung stand, ihre Gültigkeit verlor, fiel er in eine Depression, nahm er all seine Gemälde, packte die Koffer und fuhr mit dem nächsten Zug zurück nach Hause. Die Bilder landeten im Hauskeller und Gucio in den Armen einer hochgradigen Neurose – die stärksten Phobien reichten einander die Hand, hielten Gucio umzingelt und erlaubten ihm weder zu essen noch zu schlafen, noch das Haus zu verlassen, dazu ließ ihn eine ausgewachsene Hypochondrie jeden Tag an einer anderen Krankheit sterben. Die Mutter rang die Hände, der Vater kratzte sich am Kopf, und die jüngeren Brüder lauschten am Schlüsselloch vor Gucios Tür der Totenstille, in die er versunken war. Schließlich kam der Vater auf die Idee, Gucio eine Arbeit zu suchen.

»Der Junge ist ja nicht dumm, er hat Zeugnisse, ich lasse nicht zu, daß er eingeht!«

Die einzige Stelle, die er sofort für den Sohn zu besorgen imstande war, war ein miserabel bezahlter Ersatz für geistige Arbeit: Gucio sollte in der Bibliothek über das Archiv wachen – eingestaubte Aktenordner, die fast niemals benutzt wurden; das Archiv lag im Souterrain des Bibliotheksgebäudes, Gucio konnte also die Froschperspektive vertiefen, aus der die Welt wahrzunehmen ihm zugefallen war. Acht Stunden täglich stützte er den Kopf in die Hände und betrachtete die menschlichen Beine, die das Trottoir abtraten; die Menschen endeten an den Knien, nur manchmal musterte ein kleines Kind Gucio mit finsterem Kinderwagenblick. Gucio nahm seine neue Bestimmung mit autistischer Teilnahmslosigkeit an, genauso erfüllte er seine Obliegenheiten und machte sich allmählich klar, daß er hier unbemerkt seine heißersehnte heilige Ruhe gefunden hatte, daß er sich hier auf Staatskosten der Melancholie hingeben konnte und ihn schon niemand mehr veranlassen würde, in sich nach einer Leidenschaft zu suchen, niemand ihn mehr zur Raserei treiben, zu einem Risiko anstacheln würde, keine Herausforderung mehr, keine Berufung, endlich konnte er einfach nichts und niemand sein. Dennoch fühlte Gucio immerzu, daß der Trägheit Wurm solange in seinen Adern kriechen würde, bis sich jemand fände, mit dem er das Leben teilen, vereint den Tribut für das Leben zahlen, die Ruhe gemeinsam heilig halten, gemeinsamer Erinnerung an das Heilighalten des Alltags frönen könnte. Nun zog Gucio unverhofften Nutzen aus dem unterirdischen Beobachtungspunkt, besonders wenn es auf den Sommer zuging und Frauenbeine über ihm vorbeiliefen; Gucio widmete ganze Stunden der sorgfältigen Prüfung der weiblichen irdischen Güter, der aus Gründen der damaligen Mode unter waden- und oft auch knöchellangen Röcken vor dem männlichen Auge sorgsam verborgenen – ja, jedoch selbstverständlich einem auf sozusagen erwartbarem Niveau befindlichen Auge, vor dem Auge des Passanten, nicht des heimlichen Beobachters. Gucio beobachtete und katalogisierte die vor dem Fenster vorüberlaufenden Beine und legte sich ein Heftchen an, in dem er die wohlgeformten, adrett bestrumpften und berockten notierte, die, die regelmäßig um dieselbe Zeit über ihm vorüberliefen (was bedeutete, daß die Besitzerin der Beine eine feste Anstellung hatte), die, die immer einsam vorüberspazierten, ohne die Gesellschaft männlicher Beine wie auch ohne Kinderwagenbegleitung, und als er dann auf dem Wege der Selektion im Beobachtungsbüchlein die geeignetsten Beine ausgewählt hatte, beschloß er, sie unverzüglich zu heiraten, ohne Ansehen dessen, wer die Frau war – aufgrund ihres Ganges, aufgrund ihrer Haltung, aufgrund dessen, was er aus dem Souterrain sah, hatte Gucio die Gewißheit gewonnen, daß ihn diese Beine jede Nacht bis ans Lebensende umschlingen sollten, hatte die Gewißheit gewonnen, nicht nur die heilige, sondern auch die gewöhnlichste Ruhe nicht finden zu können, wenn er nicht eben diese Frau besitzen, wenn er sie nicht schwängern und mit ihr ein Kind großziehen, nicht für sie die Wohnung renovieren und ihr bei tausend Mittagessen zur Hand gehen, nicht dem Klappern ihrer das Haus ansteuernden Absätze, dem Schlüsselklimpern und dem Knistern ihres Mantels beim Ausziehen lauschen und nicht tausend Mal aus ihrem Munde hören sollte: »Liebling, Lieber, mein geliebter Gustaw«. Also paßte Gucio den geeigneten Zeitpunkt ab, tauchte aus seinem Untergrund auf, stellte sich den von ihm gewählten Beinen in den Weg, erhob den Blick, sah in ein staunendes Mädchengesicht und verliebte sich bis über beide Ohren. Obwohl Gucio vor Leidenschaft schäumte, war die Verführung der Auserwählten keine einfache Aufgabe, denn das Fräulein erwies sich als über Erwarten jung, darum über alle Maßen scheu und von einer Mauer elterlicher Fürsorge umgeben. Die Eltern bildeten die Tochter in Sprachen aus, denn sie ahnten, daß sich in ungewissen Zeiten nichts so oft ändert wie die Amtssprache. Sie akzeptierten Gucio schneller als die Tochter und sagten: »Oj Tochta, gut host dus troffa, a saubra Burscha, orbeit gut, unsa Sohn, und donn er konn polnisch; du kannst doitsch, er kann sprecha, und orndtlich schlesiarn werdt ihr baida könna, wann ihr drei verschiedna Sprocha kennt, do kommt ihr schon klor hia in Schlesia, egal wer donn herkommt und fuchtelt mitta Püstolä«, aber er eroberte sie mit Beständigkeit und Hartnäckigkeit, man könnte sagen, er kratzte nach und nach ihr Wohlwollen zusammen und dann ihr Gefühl. Und er nahm in Besitz, heiratete, schwängerte. Und versank in den Schlummer des ehelichen Lebens, versank in den weichen Sessel, in die warmen Pantoffeln, in die Küchendünste, in die kleinen häuslichen Reparaturen, in die frommen Leidenschaften des Abends und dann die Vaterpflichten, endlich nahm er teil an Familienfesten, endlich legte er seine Ängste ab, endlich, endlich, dieses … Glück … Schritt für Schritt, Tag für Tag … was braucht man mehr … vielleicht nur (mit der Zeit kam auch dieser Gedanke), vielleicht nur ab und zu ein bißchen malen, jetzt nämlich konnte Gucio das schon ohne Druck tun, jetzt konnte er seine alten Gemälde entstauben, sie betrachten, vor seiner Frau sich brüsten und dann und wann an einem neuen Bildchen arbeiten, einfach so, ohne Verpflichtung, ohne Versprechen. Nur daß die Frau die Gewohnheit Gustaws (niemals verkleinerte sie seinen Namen, ihr Mann war Respektsperson, er war ja das

Haupt der Familie, »Gucio« hätte höchstens zum Idioten der Familie gepaßt) mit Mißtrauen aufnahm:

»Gustaw, du malst ...«, sagte sie wie wohlwollend, wie froh über die geheimen Talente ihres Gatten, aber im Grunde genommen ziemlich beunruhigt von der Wendung der Dinge.

Also malte Gucio hin und wieder zu Hause, obwohl seine Frau, zwecks Begutachtung einer neuen Arbeit in sein Kabinett geladen, sich eher beschwerte, daß »wieder Farbe auf den Fußboden gekleckert ist, wo hat man solche Schlamperei in der Wohnung gesehen«, als sich wirklich über das Bild zu äußern; sie besah Gustaws Werke leidenschaftslos, nickte mit vorgetäuschter Zustimmung, um ihren Mann nicht zu betrüben, doch versuchte auch immer öfter, die immer selben kritischen Bemerkungen anzubringen:

»Aber warum malst du so traurige, solche irgendwie düsteren Bilder, das können wir nicht mal bei uns aufhängen, sonst erschrickt das Kind; ich weiß, daß das gut ist, aber könntest du nicht einmal etwas Schönes malen, ein Porträt von mir oder unserem Töchterchen ...«

Gucio konnte nicht; er wollte, aber er konnte nicht, denn in seiner tiefsten Seele erklang immer ein Trauermarsch, den er eben über seine Kunst vernahm; eben jetzt, wo er voller Bejahung war, konnte er sie nicht mit dem Pinsel ausdrükken, seine Gemälde füllten sich immer mit Bildern von Tod und Leiden. Er erklärte also, es sei Zeit, mit dieser Gewohnheit Schluß zu machen, und beschloß, ein für allemal zu verkaufen, was er konnte; die restlichen Bilder an Bekannte zu verteilen und den manuellen Hunger mit Bastelarbeiten zu stillen. Als aber die Interessenten kamen, unter denen er auch alte Studienkollegen erkannte, als sie bewundernd seine Bilder betrachteten und, weil sie ihre Anerkennung nicht direkt aussprechen wollten, um den Preis zu feilschen begannen, einen entschieden zu niedrig angesetzten, trat seine Frau für Gustaw ein:

»Jetzt reichts mir mit diesem Geschachere, das ist Kunst! Sie ist mehr wert als ihr alle zusammen und eure Portemonnaies! Raus mir aus dem Haus!«

Nach dieser Intervention spürte Gucio, daß er hier schon die höchste Stufe des Komforts im Leben erreicht hatte, da er in seiner Frau einen treuen und energischen Verbündeten gefunden hatte; er begriff, daß er mit ihr nicht untergehen würde, daß er jetzt schon nichts mehr schwernehmen müsse, jetzt konnte er nur aus dem Sessel zuschauen, wie das Töchterchen laufen lernte, wie seine Frau im Haus wirtschaftete, wie sie flink mit dem Blick durch die Zimmer wischte und selbst die winzigsten Falten im Teppich, die kleinsten Flekken auf den Tischtüchern, Unregelmäßigkeiten der Gardinenfalten bemerkte, er schaute aus dem Sessel und fühlte, daß das Glück gerade darin bestand, sich im Leben ein für allemal geborgen zu fühlen, sich an einem Punkt zu befinden, an dem er schon kein Risiko mehr einzugehen brauchte, um Schutz vor der Welt zu finden und namentlich vor sich selbst – und man muß zugeben, daß seine Frau Gustaw außerordentlich erfolgreich vor Gucio schützte.

Na, und gerade dann dieser Krieg:

»Das geht uns nichts an, geht an uns vorüber«

diese Wehrmacht:

»Ich weiß ja, daß sie Schlesier ziehen, aber doch die Rotzbengel«

diese Anwerbung:

»Das ist Mißverständnis, ich habe Kind, ich habe gute Ausbildung! Versteht er mich denn nicht?«

diese Kaserne:

»Ich schreibe Dir, Liebling, in der Hoffnung, daß es Dir bald gelingt, dieses Mißverständnis aufzuklären, zur Zeit liegen wir …«

diese Alpträume:

»Olsa, Jungs, wenn ich brüllä nochts, schubst mia bloß, oba arstickt mich nit, verdammta Kerla, mütm Kissan!«

dieser Abmarsch:

»Diese Hurensöhne nehmen uns ja als Kanonenfutter, die eigenen Leute würden sie nicht hinschicken …«

dieser Schützengraben:

»Nimm uns unter deine Obhut, Heilige Mutter Gottes …«

dieser Sturm:

(Ich wollte malen Laufschritt Laufschritt wollte Ruhe haben Sprung Sprung hatte ein geordnetes Leben Ducken Ducken Gott vergib mir diesmal noch vergib mir oj jetzt schießen sie richtig schießen auf uns bloß bis zum Trichter bloß in den Trichter es trifft nie zweimal dieselbe Stelle …)

und endlich dieser Trichter:

(… abwarten abwarten abwarten das ist nur wie ein Gewitter wenn man sich gut versteckt trifft der Blitz einen nicht oj sie schießen Mama bete für mich Mama Papa betet jetzt für mich o Jesus Maria ich höre nichts ich war ja krank ich war ja in Behandlung solche wie ich gewinnen ihnen den Krieg ja nicht ich kann nichts hören o Jesus das Blut läuft mir aus dem Ohr normal läuft ja nichts aus dem Ohr mir ist was passiert ich spüre nichts höre nichts ich will nicht in dieser Uniform will nicht sterben in einer deutschen Uniform raus raus raus … ich spüre nichts … mein Blut … so dunkel … Mama … bete … jetzt ……………………)

Der alte K. stellte Gucio jedes Jahr eine Kerze ans Friedhofskreuz, in die Masse von Lichtern, so angenehm warm wie ein Herdfeuer, und wenn er hinter seinem Rücken hörte, daß man schon aufbrechen müsse in diesen November-Griesel, betete er für Gucio zu dessen Schutzheiligen, betete für seine verlorene Seele zur Heiligen Ruhe und gelobte, bei der Firmung diesen Namen zu wählen, wenn nur die Heilige Ruhe ein achtsameres Auge auf ihn haben würde als auf Gucio, den ältesten seiner verhinderten Onkel.

Der Vater des alten K. fürchtete, der Krieg würde auch ihn zermalmen. Aber er zählte darauf, daß der Krieg wie jedes Unwetter chaotisch vernichten würde, wahllos, daß er Dächer von Häusern reißen und daneben Bauernhöfe intakt lassen würde, und vielleicht würde er gerade ihn verschonen. Der Vater des alten K. fürchtete seines Berufes wegen den Krieg ganz besonders, denn dieser ruinierte das, was er aufgebaut hatte; lange vor dem Krieg hatte der Vater des alten K. als sogenannter Baumeister Alpträume von Trümmerfeldern dort, wo er seine Häuser errichtet hatte, das war seine unheilbare Krankheit, ein Krebs der Träume, jede Nacht Schreie, Schweiß, mit Herzklopfen im Bett hochfahren; selbst seine Frau konnte dem nicht abhelfen, mit der Zeit zog sie ins Kinderzimmer und nannte als Grund, daß sie dieses Aufwachen mitten in der Nacht nicht mehr aushalte, sie wolle sich endlich ausschlafen können wie normale Menschen. Der Vater des alten K. überwachte die Arbeiter pedantisch, machte Dutzende zusätzliche Messungen an den fertigen Gebäuden, besuchte die längst bewohnten Häuser und befragte die Mieter, ob sie ganz bestimmt keine Sprünge oder Risse bemerkt hätten, denn unten waren Stollen, und es kam zu Gebirgsschlägen, besser immer prüfen, ob nichts bröckelt, manchmal reicht ein kleiner, kaum bemerkbarer Riß, ein winziger Ritz im Putz, und damit beginnt die Katastrophe; er befragte die Leute mit der Leidenschaft der überfürsorglichen Mutter, bis sie mit der Zeit schroff wurden, daran gewöhnt, daß er in regelmäßigen Abständen kam wie ein Hausierer, schon durch die angelehnte Tür, ohne die Frage abzuwarten, versicherten sie ihm, daß nichts gesprungen, nichts von der Lotrechten abgewichen war, vielen Dank für die Fürsorge, auf Wiedersehen. Und als der Krieg ausbrach, wartete er nur darauf, daß sein Traum in Erfüllung ginge, wartete darauf, daß ein Haus nach dem anderen einstürzte, er warf sich schmählichen Mangel an Vorstellungskraft vor, denn man hätte ja die Kellerdecken verstärken, sie der Funktion des Luftschutzkellers anpassen können, wie war das möglich, daß Architekten in einem Land, das auf den Trümmern eines kaum beendeten Kriegs entstand, die Keller nicht für den Luftschutz entwarfen, wie war das möglich, daß die Menschen nach jedem beendeten Krieg statt dessen so selbstverständlich sicher waren, daß dieser der absolut letzte war, daß die Fülle der erlebten Greuel es schon jedem verbot, den nächsten Krieg herbeizuführen, wie war das möglich, daß die Menschen in ihrer Naivität nicht sahen, daß die Fülle der Greuel eine noch größere Fülle von Greueln nach sich ziehen, daß der Krieg unablässig weitergehen würde in den vergifteten Seelen und das Lebensziel dieser vergifteten Seelen die Ausweitung des Krieges auf alle, das Vergiften aller ist. Den größten Vorwurf machte sich der Vater des alten K., daß er sogar im eigenen Haus den Luftschutz vergessen hatte, er wußte, daß sie im Falle eines Luftangriffs nirgendwohin fliehen könnten, daß er mit Frau und Kindern in den Keller rennen würde, und sie würden neben dem Kartoffelberg sitzen und würden auf die zitternden Kompottgläser schauen und würden die Detonationen hören, und er würde sie trösten und beruhigen müssen und lügen, daß er den Keller vorbereitet habe, der alles aushalte, er würde den Kindern sagen müssen, sie sollten keine Angst haben, denn die Bombardierung sei nur so ein Gewitter, das von Menschen gemacht sei, und die Wahrscheinlichkeit eines Bombeneinschlags ins Haus sei nicht viel größer als ein

Blitzeinschlag, er würde das mit ruhiger und glaubwürdiger Stimme sagen müssen, gegen sich selbst, gegen seine Gewissensbisse und Selbstanklage für den Mangel an architektonischer Vorstellungskraft.

Aber der Krieg zermalmte kein einziges Haus in der Gegend, alle Einwohner der Stadt erwiesen sich als glückliche Bewohner eines sofort als angestammt deutsch betrachteten Gebiets, alle Bewohner der Region erwiesen sich mit ein wenig gutem Willen als glückliche angestammte Deutsche, sie konnten sich natürlich diesem Stand der Dinge widersetzen, konnten freiwillig einpacken und abziehen, doch besaßen sie den vielen weniger glücklichen Gegenden des Landes fremden Vorteil, daß man ihre Häuser nicht ungefragt zertrümmerte, daß man ihnen, selbst wenn man sie zu Bürgern zweiter oder dritter Klasse machte, selbst wenn man sie zu Kanonenfutter machte, nicht mit Bomben das Dach über dem Kopf wegzog; die Träume des Vaters des alten K. fanden noch immer keine wache Entsprechung. Das einzige Gebäude in der Stadt, das vollständiger Vernichtung unterlag, denn die Trümmer wurden sofort beseitigt – in dieser plötzlich angestammt deutschen Stadt sorgte man für angestammt deutsche Ordnung und Sauberkeit –, das einzige Gebäude also, das der Erde so gleichgemacht wurde, daß selbst Reste von Erinnerung daran nicht auf der Erde herumlagen, das nicht aus der Luft, sondern von der Erde aus, durch präzis installierte Sprengladungen vernichtete Gebäude, vernichtet mit Sinn für angestammt deutsche Präzision und Effektivität, war die Synagoge. Aber der Vater des alten K. hatte niemals von den Ruinen der Synagoge geträumt, nicht von den Ruinen von Gotteshäusern geträumt, so monumental waren seine Alpträume nicht, er sagte immer, um die Kirchen sei es im Grunde am wenigsten schade, denn

Gott sei niemals obdachlos, die Menschen könnten immer Messen unter freiem Himmel halten, Trauer und Angst dagegen verbänden sich mit dem Verlust des Dachs über dem Kopf; der Vater des alten K. träumte von Häuserruinen, er hatte Angst, irgendwann darunter auch seine eigene Ruine zu finden, er träumte nicht von verschwindenden Gebäuden, ihm träumte nicht einmal, daß Gebäude einfach verschwinden könnten, so wie Menschen, Massen von Menschen, die Alpträume des Vaters des alten K. waren gar nicht so monumental, um die zweieinhalbtausend Bewohner der Stadt zu betreffen, die genauso plötzlich verschwanden wie ihre Gotteshäuser, es träumte ihm nicht einmal, daß man die Stadt (mit der angestammt deutschen Präzision) säubern könnte von den zweieinhalbtausend Juden, die nicht als Bürger dritter oder auch nur vierter Klasse galten, die überhaupt nicht als Bürger galten; das fiel dem Vater des alten K. selbst im Traum nicht ein.

Der Krieg zermalmte das Haus nicht, das der Vater des alten K. für seine Familie gebaut hatte, er zermalmte auch ihn persönlich nicht im Fronttrichter, wie die Brüder, der Vater des alten K. hatte Glück, offenbar war die ganze für die Geschwister vorgesehene Glücksration ihm zugefallen; der Krieg hatte nur die Betten etwas verknautscht, zerwühlt, die Sessel durchlöchert, die Pantoffeln zerfetzt, kurz: nach dem Krieg konnte sich der alte K. nicht ruhig an dem Platz niederlassen, den er sich im Leben ausgepolstert hatte, das Parterre des Hauses mußte verkauft werden; an Personal, das seine Frau »unbedingt, unbedingt« haben wollte, war nicht zu denken, die Kinder mußten zu Menschen erzogen werden, die reich wären eher an Erinnerungen an den Wohlstand denn an tatsächlichen Gütern. Der Vater des alten K. träumte bis an sein Lebensende von den

Ruinen all dessen, was er im Leben gebaut hatte, und auch wenn ihm ausschließlich Gebäude träumten, begriff er mit der Zeit, daß die Brandreste ihn innerhalb des Hauses umgaben, das auf soliden Fundamenten stand, begriff er mit der Zeit, daß die Brandreste, von denen er träumte, auf seinen eigenen Beinen herumliefen, von seinem Teller aßen, in seinem Bett schliefen, begriff er mit der Zeit, daß er selbst die Ruine war, in ihm selbst die Trümmer lagen, die ihn durch die Haut drückten, daß er selbst sich drückte, und nicht seine Frau, nicht die Kinder ihn drückten, nicht das Leben ihn das ganze Leben lang drückte, sondern er selbst, er sich selbst. Mit der Zeit begriff er, daß alles, was ihm im Leben widerfahren war, alles den Toten genommene Glück ihm durch einen Irrtum zugefallen war, denn er fand keine Freude, alles im Leben entglitt ihm, die Frau war ihm entglitten, war zänkisch, boshaft und fremd geworden, die Kinder waren ihm entglitten, er hatte keinerlei Einfluß auf ihre Erziehung, je mehr er wollte, daß sie sich von ihm unterscheiden, daß sie besser als er sein sollten, desto mehr übernahmen sie all seine alten Gebrechen. Er versickerte in sich selbst, verschloß, verriegelte sich in sich selbst, kehrte zurück zu seiner angeborenen Unauffälligkeit, zur erblichen Melancholie; gefragt, wie er sich fühlt, traute er sich lange nicht wahrheitsgemäß zu antworten, konnte er lange das richtige Wort nicht finden, das sein Unglück im Glück erklärt, das seine mangelnde Freude an drei heranwachsenden Kindern und einer energischen Gemahlin gerechtfertigt hätte. Erst als er eines Tages sah, wie der alte K. mit dem jüngeren Bruder im Garten Verstecken spielte, als er sah, wie der kleine alte K. ein verstecktes Versteck im Innern der Eiche nutzte, fand er das richtige Wort. Der Vater des alten K. war ein hohler Mensch; er hatte Wurzeln, er hatte

Äste, er hatte seinen Platz im Garten, aber in der Mitte war er leer, in der Mitte konnte er nur sich selbst vor der Welt verstecken, verschließen, verriegeln, einfach versickern.

Hohle Eichen leben länger als hohle Menschen; der alte K. und seine Geschwister fällten den Baum nicht nach dem Tod des Vaters, denn der Baum war unauffällig geworden, längst versteckte sich niemand mehr darin, längst war er so hineingewachsen in den Blick aus dem Fenster, daß er durchsichtig geworden war. Der Vater des alten K. erlebte die Geburt des einzigen Enkels nicht mehr, sein einziger Enkel sollte wesentlich später geboren werden, denn einstweilen war der Tochter mehr nach dem Rosenkranz als nach Tanz, und die Söhne waren zum Heiraten nicht aufgelegt, überhaupt zu gar nichts aufgelegt, ausgelegt, Spätentwickler, wie es heißt. Er starb im Krankenhaus an Krebs der Träume. Als er Metastasen in der Leber bekam, wurde er plötzlich endgültig, schmerzlich auffällig für die ganze Familie, die um sein Totenbett versammelt saß, er starb erleichtert, denn je weniger Leben in ihm war, desto mehr fühlte er sich erfüllt, um so mehr spürte er, daß etwas in ihn eintrat, er starb lächelnd, sah seine Kinder an, seine Frau, spürte, daß er die Jahre der Hohlheit überlebt, überstanden hatte, je mehr er starb, um so mehr lebte er auf, denn er spürte, daß ihn plötzlich und unerwartet Freude ergriff, die ganze Ladung Freude, die seinem Leben zugedacht war, kumulierte in diesen letzten Momenten, der Vater des alten K. glaubte nicht, daß das nur das Morphium war, er sah seine weinende Familie am Bett und fühlte sich erfüllt, je mehr er den Gefühlssinn verlor, um so gefühliger wurde er, um so mehr lächelte er, und als er zum letzten Wort ansetzte, gab er dem alten K., der am nächsten stand, ein Zeichen und flüsterte ihm ins Ohr, bevor er starb, vielleicht starb er aber auch gerade in diesem Bruchteil eines

Augenblicks, den die menschliche Stimme braucht, um an ein fremdes Ohr zu dringen:

»Nichts springt, nichts weicht ab.«

Der Vater des alten K. hat keines seiner Kinder jemals geschlagen.

Die Mutter des alten K. war oft streng, war oft boshaft, war oft grausam, aber solange der Vater des alten K. lebte, wälzte sie die Verantwortung für das Verabreichen von pädagogischen Schlägen auf ihn ab, warf sie ihm erzieherische Unfähigkeit vor wegen des völligen Verzichts des Vaters des alten K. auf das Schlagen seiner Kinder. Nach seinem Tod war die Mutter des alten K. schon zu schwach, um ihre erwachsenen Kinder mit dem Gürtel zu peitschen.

Der Vater des alten K. erwähnte niemals, daß er es irgendwann von seinem Vater abbekommen hatte, er erwähnte niemals, daß irgendeiner von seinen Brüdern im Haus geschlagen wurde.

Die Mutter des alten K. hatte die blauen Flecken von ihrem Vater nur von seinen harten verarbeiteten Händen, nur von seinen verzweifelt tolpatschigen Umarmungen, mit denen er bei den Töchtern seine permanente Abwesenheit wettmachen wollte.

Großvater Alfons hatte Erwachsene, Frauen und Kinder durch den bloßen Blick entwaffnet, und obwohl alle Angst hatten sich zu widersetzen, obwohl ihm alle immer gehorchten, hatte niemand je auf sich die Kraft seiner Hand gespürt, mit der er angeblich Bäume ausriß, um aus den Ästen Zahnstocher zu machen.

Keinerlei Spuren. Keinerlei Traditionen. Und alles für die Katz.

Damals war es anders.

Dann

Die Peitsche war nicht allzu lang, sie hatte ungefähr vierzig Zentimeter Länge, dafür war sie dick, gedrungen – eine Gummiknute, hart und mit Kern. Keinerlei Rohrstock aus Gummi, bei so einem Rohrstock ist der Schmerz schneidend, säuerlich, kribbelnd, aber ebbt schnell ab, wie Kreise auf dem Wasser, er verteilt sich über die Haut und ist schon vorbei; mit so einem Rohrstock kann man kein größeres Leid antun, nicht gezählt das Leid der Schläge selbst, der Demütigung selbst; so ein Rohrstock bringt im Grunde keine besseren pädagogischen Resultate als eine zusammengerollte Zeitung; so ein Rohrstock ist gut für einen Dackel, oder vielleicht einen Foxterrier, kleiner Schmerz für kleines Vieh, reine Prophylaxe. Nein, diese Peitsche war in der Mitte nicht hohl, sie hatte ihr Gewicht, sie hatte ihre Masse, sie hatte wahrscheinlich auch ihren Geruch. Immer wenn der alte K. ans Verabreichen der angemessenen Strafe ging, ließ er die Tiere die Peitsche riechen – ob den Schäferhund, den er in seinen Jugendjahren abrichtete (das größere Tier, das für das größere Leid angepaßt war), den er mit der Knute lehrte übers Tor zu springen (Strafe für einen mißlungenen Sprung war ein Schlag, Belohnung für einen gelungenen Sprung das Ausbleiben des Schlags – was könnte ein größeres Tier stärker überzeugen?), oder ob den Kerry Blue Terrier. Einen Welpen dieser Rasse brachte der alte K. mir als Nikolaus verkleidet, als ich noch in die Windel schiß, als ich noch nicht einmal begriff, welche Funktion dieser fremde Greis mit Wattebart bekleiden soll, der zuerst fragt, ob ich artig war, sich dann selbst antwortet, daß bestimmt nicht, und mich mit der Rute schlägt; er lacht und zwinkert der Mutter zu, das war nur ein bißchen so, zum Spaß, na und zur Prophylaxe, aber dieses kleine Leid war mit Bedacht an meine kleine Größe angepaßt. Die paar Rutenschläge, gleichsam halb im Spaß, halb im Ernst verabreicht, waren genug, um diesen Greis als Leid im Gedächtnis zu behalten. Sie waren genug, um lange Jahre an ihn zu glauben und am sechsten Dezember nicht den Enthusiasmus der Klassenkameraden zu teilen. Der Nikolaus hat eine Rute und schlägt, und er lacht beim Schlagen, und er sagt:

»Gleich, gleich, du bekommst schon Geschenke, denn so unartig warst du auch wieder nicht, daß du gar nichts bekämst ...«

Aber dabei fügt er mir immer noch prophylaktische Rutenschläge zu; er weiß, wohin er schlagen muß, meidet die Windel, die die Schläge hätte dämpfen können, er schlägt tiefer, auf die Unterschenkel, auf die Waden, schlägt genau auf die Stellen, die ich vor ihm zu schützen versuche.

Und dann gab mir der alte K. einen schwarzen zottigen Welpen, den Kerry Blue Terrier, und in dem Maße wie das Hündchen heranwuchs, wuchs auch das Maß der angebrachten körperlichen Strafe von der Zeitung über die Gummiknute bis zur Peitsche, *dieser* Peitsche, der so universellen, so funktionalen – denn gleichzeitig, wenn auch nicht auf einen Streich, konnte man damit einen Welpen der Rasse Kerry Blue und ein Kind der menschlichen Rasse erziehen. *Diese* Peitsche mußte ihren Geruch haben, denn bevor der alte K. zu den pädagogischen Seancen schritt, ob mit der Hündin oder mit mir, hielt er uns *diese* Peitsche unter die Nase und ließ uns riechen; schon leicht zitternd, aufgereizt von der Macht, den Moment schon kaum noch erwartend, in dem er die ersten Schläge versetzen würde, sagte er noch »hier, riech mal«. Und obwohl ich nichts roch, weil mir die

Nase dann meist schon von Tränen verstopft war, mußte die Peitsche ihren Geruch haben, mit Sicherheit war die Hundenase imstande, ihn zu erkennen, mit Sicherheit war die Anweisung zu riechen mehr an den Hund adressiert, aber wenn sich die Erziehungsmethode schon als so universell erwiesen hatte, mußte man sie auf ein Kind der menschlichen Rasse mit voller Konsequenz anwenden, also ließ er mich riechen und schlug erst dann.

Die Peitsche hatte eine kompakte, dichte Struktur, der Schmerz nistete sich schon nach dem ersten Hieb richtig ein; eigentlich reichte dieser erste Hieb für den ganzen Tag, und sogar länger, eigentlich hätte dieser erste Streich des ersten Streichs fürs ganze Leben gereicht, aber ich konnte das dem alten K. nicht begreiflich machen. Ich konnte nur schreien »Papa, nicht hauen«, jedesmal dasselbe, daher beachtete der alte K. es nicht, ich konnte ihm nicht begreiflich machen, er konnte nicht wissen, daß ein Hieb mit dieser Peitsche ausreichte, daß ich mich den ganzen Tag nicht hinsetzen konnte, daß ich die ganze Nacht nicht einschlafen konnte, daß ich den ganzen folgenden Tag menschliche Blicke meiden würde. Er konnte das nicht wissen, denn er war niemals mit dieser Peitsche geschlagen worden, obwohl diese Peitsche schon ihre Tradition hatte, obwohl ihre Masse, ihre Effektivität und sicher sogar ihren Geruch schon einige größere Tiere kennengelernt hatten; was solls, wenn ich das erste Kind der menschlichen Rasse war, das die Traditionen dieser Peitsche erfuhr, das den Schmerz im Gedächtnis behielt, den sie zufügte, den mit ihr der alte K. zufügte: denn niemand anders wagte das zur Hand zu nehmen, denn niemand anders wäre jemals auf die Idee gekommen, das zur Hand zu nehmen, um davon solchen Gebrauch zu machen. Einen, mit Verlaub, pädagogischen Gebrauch.

Auch der Schmerz hatte, gleich der Peitsche, seine Dichte. Schon nach dem ersten Hieb ergoß er sich als Schwere über den ganzen Körper; der erste Hieb zeichnete sich durch seine Plötzlichkeit aus, war am schlimmsten anzunehmen, denn am längsten erwartet, erzielte durch seinen Einbruch in den unvorbereiteten Körper die größte Wirkung. Im Prinzip hätte der erste Hieb ausgereicht zum Erzielen des sogenannten Erziehungseffekts, oder in diesem Fall zum Erzwingen absoluter und bedingungsloser Unterwerfung, und dieses Prinzip flößte der alte K. seinen Hunden und seinem Kind der menschlichen Rasse ein, nach dem ersten Hieb jedoch, der sich nur als vorbereitende Injektion erwies, kamen die folgenden, die die Allgegenwart des Schmerzes verstärkten, festigten, den Allschmerz festigten. Und wie nach einer Injektion hat der Schmerz die Flüssigkeit von Blei – und über die Hinterbacken, das Epizentrum, ergießt er sich in Länge, Breite und Tiefe bis zum Rückenmark, bis zu den Skelettschauern, und erst wenn sie vorüber sind, gibt er zögernd der Linderung nach, die Schwester zieht die Nadel heraus und reibt die Stichstelle ein – so also ergoß sich der Schmerz, dennoch war er unnachgiebig, die Linderung konnte es nicht abwarten und zog verdrossen mit leeren Händen ab; *diese* Peitsche brachte einen grausamen, da selbstsüchtigen Schmerz, der sich übermäßig und in Raum und Zeit zugleich breitmachte. Der alte K. war darauf bedacht, immer einen Hieb zu viel zu verteilen, einen Streich auf Vorrat, damit ich es mir besser merkte (er konnte nicht wissen, daß man sich *das* gar nicht besser hätte merken können), damit ich es nicht vergaß – ich konnte ihm nicht begreiflich machen, daß man *das* nicht vergißt. Selbst wenn ich imstande gewesen wäre, ihm das zu sagen, hätte er es nicht geglaubt, denn ihn hatte niemand je mit *dieser* Peitsche geschlagen;

selbst wenn ich imstande gewesen wäre ... Aber ich konnte gar nichts, außer zu schreien »Papa, nicht hauen!«; obwohl später, nach dem zweiten oder dritten Streich, nach der zweiten oder dritten pädagogischen Seance nur noch »nicht hauen!«; und später, nach dem zwanzigsten oder dreißigsten Streich, nur noch »nein!«. »Nein!« war wohl die verständlichste Antwort auf alle nur möglichen Unklarheiten, auf alle mutmaßlichen Fragen, und auch auf die, die der alte K. mir stellte, während er mich mit dieser Peitsche schlug. Die der alte K. mir reihenweise stellte, wie er mir reihenweise Hiebe mit dieser Peitsche verpaßte. Er fragte:

»Wirst du noch?« – (Hieb) – »Wirst du noch?« – (Hieb) – »Wirst du?« – (Hieb) – »Wirst du?« – (Hieb) – »Wirst du noch?« – (Hieb).

Und obwohl ich nicht ganz genau wußte, worum es ihm ging, ob darum, ob ich noch einmal, wie das Eltern zu ihren Kindern sagen, »ungezogen« sein werde (was in seinem Fall bedeuten würde, nicht vollkommen absolut und zu wenig bedingungslos unterwürfig), oder ob vielleicht auch darum, ob ich überhaupt noch dasein werde – und dann, wenn dieser Schmerz sich in mir einrichtete, wenn er sich vermehrte und häuslich niederließ, war ich unverändert überzeugt, daß ich nicht dasein würde; daß ich schon überhaupt nicht mehr: essen, trinken, atmen, existieren würde, damit er nur aufhörte zu schlagen. Ich schrie also »nein« oder auch manchmal, wenn ich noch die Kraft zum Aussprechen von zwei Wörtern hatte, eins nach dem anderen, »werd nicht!«, weil ich ihn für alle Fälle nicht kränken wollte durch richtige Aussprache. Manchmal auch, wenn auch wesentlich seltener, fragte er etwas anderes, gewöhnlich dann, wenn er mich in jemandes Gegenwart schlug. Nicht in Gegenwart der traurigen und mitfühlenden Augen des Hundes, der als einziges lebendiges Wesen außer mir die Schwere dieser Peitsche kannte, der, mehr noch, ihren Geruch kannte; nicht in Gegenwart des Hundes, sondern eines Menschen, einer dritten Person, das heißt zum Beispiel der Mutter oder auch der Schwester der alten Jungfer, des Bruders des Hagestolzes, oder auch, was ebenfalls vorkam, wenngleich ungemein selten, in Gegenwart eines Gastes von außen, irgendeines Bekannten des alten K., und besonders, wenn er uns mit seinem Kind besuchte; besonders, wenn ich unbedacht, im Spiel mit diesem Kind, allzusehr die Stimme erhob oder auch, Gott behüte, mit diesem Kind durchs Zimmer rannte und den Tisch anstieß und Kaffee verschüttete, oder auch wenn auf irgendeine Weise unser Spiel den alten K. im Gespräch mit dem Bekannten störte. Dann, selbst wenn die Schuld bei dem Kind des Bekannten lag, das der alte K. nicht zurechtweisen konnte, demonstrierte er, wie ein Kind der menschlichen Rasse zu erziehen war, er packte mich am Ohr, sagte zu seinem Bekannten: »Entschuldige mich einen Moment«, und führte mich ins entlegenste Zimmer. Und dort nahm er die Peitsche und schlug und stellte die Frage, die speziell für den Fall der Gesellschaft Dritter vorgesehen war, die gewissermaßen präzisere, aber mich auch von vornherein von einer wortreichen Antwort befreiende:

Er fragte:

»Weißt du warum?« – (Hieb) – »Weißt du warum?« – (Hieb) – »Weißt du?« – (Hieb) – »Weißt du?« – (Hieb) – »Weißt du warum?« – (Hieb).

Da reichte es dann aus, mit der ganzen kategorischen Bestimmtheit des eigenen Nichtwissens zurückzubrüllen: »Nein!!«

Dann kehrte er zu dem Bekannten zurück und sagte, ein klein wenig außer Puste:

»Was für ein verdammter Hysteriker. Ganz die Mutter. Kriegt ein paar Klapse und schreit wie abgestochen!«

Und er kehrte zurück zum Gespräch, in dem ihn schon niemand mehr störte. Bis zum Schluß.

Ich wollte, daß ein Krieg ausbräche. Ich wartete darauf, daß irgendein Krieg ausbräche, und sei es für ein paar Tage, dann würde ich in die feindliche Armee eintreten, gegen die der alte K. kämpfte, und selbst wenn er gar nicht kämpfen würde, wenn er sich irgendwo verstecken und abzuwarten versuchen würde, wäre ich in der feindlichen Armee und würde deren Befehle ausführen, und der Befehl würde lauten, auf die Gegner zu schießen, dann könnte ich mit allem Recht nach Hause kommen und den alten K. erschießen, und dann könnte der Krieg zu Ende sein. Ich wartete auf den Krieg, leider war der letzte der mir bekannten mehr als ein Vierteljahrhundert vor meiner Geburt endgültig zu Ende gegangen; ich war ein Kind des Friedens, in der Schule sangen wir Friedenslieder, hielten Festversammlungen ab, die den Frieden priesen. »Nie wieder Krieg!« schrieben wir auf Transparente, selbst der alte K. sagte in Momenten der pädagogischen Reflexion:

»Ihr habt den Krieg nicht kennengelernt, ihr Rotzbengel. Ihr verwöhnten Lümmel. Ihr werdet zu wenig geschlagen, viel zu wenig. Ihr wollt nicht fressen, ihr Schwächlinge, weil ihr nicht wißt, was Hunger ist. Ich würde euch alle erziehen …«

Das sagte der alte K. denen, die zu erziehen ihm nicht beschieden war, zum Beispiel den Nachbarskindern, die das Tor mit dem Fußball beschossen, oder auch denen, die hinter den Büschen stichelten, wenn er den Hund in der Siedlung ausführte, oder auch denen, die mich, wie in der Schule üblich, am Geburtstag besuchten und an den belegten Brötchen meiner Mutter keinen Geschmack fanden.

Ich wartete also auf diesen Krieg, daß sich vielleicht einer bietet, daß ich ihn kennenlernen könnte und bei Gelegenheit den alten K. erschießen. Indessen war die Geschichte uns hold (wie der alte K. sagte), wir waren von ihr verwöhnt, sollten Gott danken, daß wir keinen Krieg erlebt haben (wie der alte K. sagte), ach, im übrigen hätten wir ihn sowieso nicht überstanden, denn solche Schwächlinge hätten kein Recht gehabt zu überleben, den Krieg konnten nur harte, robuste Menschen überleben, nur Menschen mit starkem Willen, sagte der alte K., und ich kam nicht aus dem Staunen heraus, woher er das wußte, denn er war noch im Krieg geboren, und bevor er richtig laufen konnte, war der Krieg zu Ende, ihm hatte jemand Hartes, Robustes und mit starkem Willen Ausgestattetes geholfen, das war wohl sein Vater, aber ich fragte ihn nicht danach, ich wollte ihn nicht reizen. Ich wollte nur, daß für eine Zeit ein kleines Kriegelchen ausbräche, wenn auch nur in unserer Stadt, irgendein Aufstand der einen gegen die anderen. Und der alte K. wäre einer von den einen, und ich wäre einer von den anderen. Und ich hätte ein Gewehr, das mit echten Patronen schießt. Und der erste und letzte Feind, den ich erschießen wollte, wäre der alte K. Dann würde der Aufstand wieder zum vollkommen friedlichen Zustand, die einen würden sich mit den anderen einigen, und die Zeitungen würden melden, daß nur ein einziger Mensch umgekommen war, das war so gut wie nichts, denn im Krieg kommen Millionen Leute um.

Leider verwöhnte uns die Geschichte, sie erlaubte uns ein Aufwachsen in friedlichen Zeiten (wie der alte K. sagte), ein Aufwachsen in friedlichen vier Wänden, darum konnten aus uns keine anständigen Leute werden, denn wir hatten es zu gut. Der alte K. sprach in der zweiten Person Plural, wenn ich gerade individuell nichts verschuldet hatte, wofür mir eine Strafe gebührt hätte, wenn er sich gerade an keine sogenannte fällige Strafe erinnerte, wenn er nichts derartiges anführen konnte. Dann griff er statt zur Peitsche zu Sprüchen, er sagte:

»Aus euch wird nichts, verdammte Schwächlinge, lernen wollt ihr nicht, nur herumblödeln. Gott, was für eine Brut, wie kannst du das zulassen ... Blöde Lümmel ... Wenn man mir den oder diesen zu erziehen gäbe, würden sie nicht so große Töne spucken ... Denk dran, mein Sohn, wer nicht hören kann, muß fühlen. Merk dir, was Hänschen nicht lernt, lernt Hans nimmermehr. Ich in deinem Alter hatte es nicht so gut, ich mußte für mich selbst sorgen. Denk daran, aach ... Man müßte euch an der Kandare halten, dann würde vielleicht etwas dabei herauskommen, aber so, aach, schade um jedes Wort ... Wie der Herr, so's Gescherr. Eine Bande von Rotzbengeln. Vermehren sich wie die Karnickel in diesen Siedlungen. Kinder kriegen Kinder. Blödmänner alle. Aach, ich würde sie erziehen ...«

So sprach er mit »uns«, deren einziger zuhörender Vertreter ich war; ich war das Ohr meiner Generation, nur das Ohr, denn das Wort hatte mir niemand erteilt. Im übrigen wollte ich gar kein Wort, ich wollte nur einen Krieg, ein Gewehr, ich wollte dem alten K. nur ein drittes Auge machen mit allem Recht, was in Friedenszeiten unmöglich wäre, in Friedenszeiten gibt man Kindern kein Gewehr; anders im Krieg, am besten wäre ein Aufstand. Ich hatte ein Denkmal für einen kleinen Aufständischen gesehen, er war bestimmt mit dem Gewehr herumgelaufen und hatte auf die Feinde geschossen, vielleicht hatte er sogar mehr als einen erschossen, und darum hatte man ihm ein Denkmal gesetzt; ich wollte kein Denkmal, ich wollte auf niemanden schießen als auf den alten K., denn ohne Gewehr war ich wehrlos, denn ohne Krieg war ich wehrlos, wenn ich ihn in den friedlichen vier Wänden erschießen würde, wäre ich ein Vatermörder, und der alte K. sagte:

»Merk dir, wer die Hand gegen Vater und Mutter erhebt, dem wird die Hand verdorren.«

Ich wollte nicht, daß mir die Hand verdorrte, jeden Morgen prüfte ich, ob sie mir verdorrt war, denn im Traum, in jedem Traum erhob ich gegen ihn die Hand, in jedem Traum war ich ein Vatermörder, denn der Krieg wollte nicht einmal im Traum ausbrechen, denn wenn er ausbrechen würde, würde ich die Hand nicht gegen den Vater erheben, sondern gegen den Feind, ich könnte ihm ein drittes Auge machen und wäre kein Vatermörder, nur ein Soldat, der seine Soldatenpflicht erfüllt. Und so platzte ich vor Leiden an diesen Friedensliedern, an diesem Nichtausbrechen des Kriegs und dem absoluten Fehlen jeder Aussicht auf seinen Ausbruch, bis eines Morgens der alte K. mit Tränen in den Augen durchs Haus lief und zu Mutter sagte:

»Hast du gehört, was die Hurensöhne gemacht haben?!«

zu seiner Schwester der alten Jungfer lief und sagte:

»Da haben sie uns was angerichtet, die Hurensöhne ...«

zu seinem Bruder dem alten Hagestolz lief und sagte:

»Das sind aber Hurensöhne, habe ich gesagt, mit denen braucht man gar nicht zu reden ...«

Als alle auf einmal durchs Haus liefen mit Tränen in den Augen, fragte ich, was los war, und hörte:

»Armes Kind, Krieg ...«

Und dann:

»Was machst du ihm Angst, blödes Weib? Kein Krieg, nur Kriegsrecht!«

Und dann:

»Das ist dasselbe wie Krieg, nur schlimmer, gegen die eigenen Leute.«

Und dann:

»Was für eigene Leute, das ist nur der Iwan.«

Und dann noch:

»Verfluchte Kommune, sie wird uns und unsere Kinder und Kindeskinder überleben!«

Da dachte ich bei mir: »Ist das möglich? Was für ein Glück!«, und beschloß, mich bei den Iwans einzuschreiben, in die verfluchte Kommune, und sie zu überleben (nach Kindern sah es nicht aus bei der Tante der alten Jungfer und dem Onkel dem alten Hagestolz, ich was das *einzige* Kind *in diesem* Haus, der *einzige Enkel* des Vaters des alten K., der *dieses* Haus gebaut hatte), ich beschloß, sie alle zu überleben und besonders den alten K., den ich umbringen wollte, unverzüglich, aus Furcht, daß dieser Krieg nicht lange genug dauern könnte.

Wenn ich gerade nichts verschuldet hatte, wofür mir eine Strafe gebührt hätte, wenn er sich gerade an keine sogenannte fällige Strafe erinnerte, wenn er nichts derartiges anführen konnte, dann griff der alte K. statt zur Peitsche zu Sprüchen.

»Mehlsuppe am Abend, erquickend und labend ...«,

sagte er und stellte einen randvollen Teller seiner Lieblingssuppe vor mich, aus einem Plastikbeutel gegossen, worin er sie in der Gegend der Friedhofstraße gekauft hatte, aufgewärmt und durch gestampfte Kartoffeln ergänzt. Das war das Ersatzessen, wenn die Mutter aus irgendeinem Grund aus dem Haus gegangen war, wenn aus irgendeinem Grund der alte K. selbst auf die schnelle ein Essen bereiten mußte.

»Mehlsuppe und Kartoffeln sind die Basis, das sogenannte Basisgericht für solche, die keine Schwächlinge sein wollen, und du willst doch kein Schwächling sein ...«,

sagte er und aß seine Lieblingssuppe, die indessen auf meiner Tischseite immer mehr abkühlte; ich schob es hinaus, denn für mich war das nicht das Basisgericht, für mich war das schlimmer als gar kein Mittagessen, das war ein Mittagessen, das man offiziell, begleitet von den väterlichen Weisheiten, zu sich nehmen und anschließend inoffiziell, verstohlen, so leise und so vorsichtig wie möglich in die Toilette erbrechen mußte. Nein, nein, ich wollte kein Schwächling sein, aber schlesische Mehlsuppe aus dem weißen Beutel, die Spezialität aus der Friedhofstraße, hatte für mich den Geschmack der Rawa, so zumindest stellte ich mir den Geschmack des städtischen Abwasserkanals vor, in dem alles Leben vor einem Vierteljahrhundert erstorben war, der so beharrlich stank, daß verfügt wurde, seinen besonders stinkigen Innenstadtzulauf, nostalgisch Suezkanal genannt, zuzubetonieren; jeder Schluck Mehlsuppe war ein Schluck Rawa, Suppe aus dem Kanal.

»Was redest du da, schmeckt nicht?! Läster nicht, mein Sohn, läster nicht, Tante und Onkel und ich haben die ganze Woche Bratkartoffeln mit Dickmilch oder Wassersuppe gegessen, besonders Wassersuppe, Bratkartoffeln nur in den besten Zeiten ... ooh, oder Pantschkraut, weißt du, was das ist, Pantschkraut, mein Sohn? Iß, dann sage ich dir. Kartoffeln mit Kohl ... und Wassersuppe, weißt du, was das ist? Brot mit Wasser, ein bißchen Knoblauch. Arm waren wir, arm ... Und Mehlsuppe, oooh, Mehlsuppe, das war aber ein Fest, am liebsten mochte ich Mehlsuppe. Mehlsuppe am Abend, erquickend und labend, nur Schwächlinge mögen keine Mehlsuppe, iß iß, mein Sohn, denn wir haben keine Zeit. Und läster nicht, läster nur nicht ...«

Der alte K. wischte sich den Schnurrbart ab, stellte den Teller in den Ausguß, ließ Wasser einlaufen und ging sich die Zähne putzen; meine Mehlsuppe kühlte ab, und die Kartoffeln ragten immer noch heraus, ich nahm etwas von diesem Inselchen ab und kaute, um bloß den ersten Kontakt mit der immer kälteren Brühe hinauszuzögern. Der alte K. putzte sich die Zähne, schrubbte voller Ingrimm, rieb den Schmelz ab, verletzte das Zahnfleisch, manchmal bis zum ersten Blut, anschließend sagte er zu mir:

»Siehst du, wie man sich ordentlich die Zähne putzt? Bis Blut fließt, und nicht so wie du, zweimal mit der Bürste rauf und runter und fertig«.

Er schrubbte lange und geräuschvoll, und ebenso lange und geräuschvoll spülte er dann den Mund, viele Male, jeden Winkel des Mundes spülte er sorgfältig und vielmals, er spuckte platschend, nahm Wasser und spülte wieder, und dann gurgelte er, für alle Fälle, mit lauthalsem Gluckern. Wenn ich hörte, daß er zum Ende kam, daß er den Hahn zudrehte, sich mit dem Handtuch abtrocknete und behaglich grunzte, wußte ich, jetzt war es Zeit, es mit der Mehlsuppe aufzunehmen, sie aufzuschieben war länger nicht möglich, wenn er also aus dem Bad kam und zur Kontrolle auf die Küche lossteuerte, aß ich schon; er kam rein, schaute, brummte drohend:

»Du hast noch nicht aufgegessen?!«

Aber er sah, daß ich esse: solange ich aß, wenn auch ganz langsam, war ich unangreifbar, er ging also wieder, diesmal in sein Zimmer, die Zeitung fertig lesen; die Rawa ergoß sich in mich durch die Speiseröhre, dick, fett und kalt, durchs Fenster kam Radgepolter und der Blues-Singsang des Fuhrmanns: »Kaartoffeln Kartoffeln!«, aber ich hatte meine Kartoffeln noch in der Mehlsuppe, der alte K. setzte mir den Teller immer randvoll vor, niemals gelang es mir, auch nur die Hälfte zu essen, obwohl ich auch diese fast sofort in die Toilette erbrach, ich tröstete mich, wenn Mama zurückkäme, würde sie ein gutes Abendessen machen, aber bis dahin mußte ich so viel wie möglich essen, denn der alte K. war mit der Zeitung fertig und nahte zur letzten Kontrolle.

»Na, ich hoffe, du hast aufgegessen.«

Er sah den Teller an und rief:

»Na, was soll denn das sein, habe ich hier einen Schwächling im Haus?!«

Aber ich war schon im Bad, eingeschlossen.

»Wieder nicht aufgefressen, der verdammte Schwächling!« sagte er und rüttelte an der Klinke. »Und was sperrs du dich ein, wart nur, wart, wirs noch bei Brot und Wasser sitzen, Schwächling, wirs schon lernen, was Hunger ist!«

Er knurrte hinter der Tür und scherte sich nicht mehr um seine Aussprache, wie immer, wenn er wütend war, und ich steckte die Finger in den Hals und ließ die Mehlsuppe rausfließen, würgte den Suezkanal raus, und selbst die Flüche des alten K. kamen nicht richtig bei mir an. Erst später, als ich schon nicht mehr spuckte und wartete, daß er sich beruhigt, kamen sie ein wenig an.

»So ein Skelett und ißt noch nicht mal, und das soll mein Sohn sein?! Gott, wie kannst du das zulassen ... schließt sich auch noch im Klo ein, der feige Schwächling ... Keine Angst, ich werd dich nicht schlagen, das lohnt nicht, man braucht dich nur anfassen, schon fließt das Blut, Bleichgesicht, wenn ich dich fester anpacke, brech ich dir gleich die Knöchelchen und dann komm ich ins Gefängnis. Keine Angst, ich werd dich nicht schlagen, wenn du nicht essen willst, laß es bleiben, wirst so ein Mickerling sein, daß der Wind dich umbläst, alle werden dich verachten, du Klappergestell, kein Mädchen wird dich wollen. Keine Angst, dann sitz doch, wenn du willst, nur mach mir keinen Zirkus vor deiner Mutter, wenn sie zurückkommt. Ich werde dich nicht schlagen, dich wird das Leben schlagen.«

O ja, der alte K. griff manchmal statt zur Peitsche zu Sprüchen.

Aber wenn ihm eine der fälligen Strafen einfiel, dann schwieg er. Leise, unauffällig öffnete er den Schrank und nahm zart d i e s e Peitsche vom Haken, damit ich die Gefahr nicht zu früh witterte, denn wenn ich sie wittern würde, müßte er mich zuerst um den Tisch jagen, und wir hatten einen großen Tisch. Er mochte mich nicht jagen, denn ich war wendig; er mühte sich ab, aber seine Hiebe wurden später durchaus nicht schwächer, ganz im Gegenteil – wütend, daß ich eine wenn auch noch so geringfügige, instinktive Dosis der Auflehnung aufbrachte, daß ich durch die Wohnung rannte, ihn täuschte, mich hinter Stühlen verbarrikadierte und ihn damit zur Anstrengung zwang, müde machte, schlug er mich hinterher um so erbarmungsloser, präziser, methodischer, och, wenn er mich schon packte, so erregt von der Verfolgungsjagd, daß er das Zählen vergaß, er zählte nicht, wie gewohnt, die verabreichten Streiche, ich wußte also nicht, wie viele ich würde ertragen müssen, er schlug nicht mehr wegen der fälligen Strafe, sondern für die Auflehnung, für meine Flucht, dafür, daß ich auf sein »Komm her, riech mal« nicht kam, nicht an der Peitsche roch, den Arsch nicht hinhielt, die fällige Strafe blieb weiter fällig, sie wurde auf einen anderen Termin verschoben, ein doppeltes Strafmaß würde ich wohl nicht ertragen können, jetzt aber schlug er mich für seine Atemlosigkeit. Ich schaute zum Beispiel einen Bericht von der Vierschanzentournee, er kam zum Beispiel gerade vom Ausführen der Hündin und machte sich irgendwie im Schrank zu schaffen; ich dachte, er zieht einfach den Mantel aus und hängt ihn auf, ich sah es nicht mal aus dem Augenwinkel, weil auf dem Bildschirm Weißflog hundertsechzehn sprang. Ich sagte gerade:

»Papa, es gibt einen Rekord im Schispringen!«

denn ich spürte, daß er näher kam; ich dachte, um sich neben mich zu setzen und mit mir den Wettkampf zu schauen, er aber kam schon mit der Peitsche; wenn ich nicht früh genug merkte, was los war, wenn ich nicht auswich und hinter den Tisch oder auf den Korridor flüchtete, nahm er plötzlich, von leicht seitlich und von hinten kommend, vorsichtig, als nähere er sich einem wilden Tier, Anlauf und stürzte sich, schon mit kleinen Schritten spurtend, auf mich und packte mich beim Arm, gerade in dem Moment, als

Fijas nach rechts und links ausspuckte und sich vor seinem Flug bekreuzigte, ehe ich sagen konnte:

»Papa, jetzt kommt ein Pole, willst du nicht schauen?!«

Sogar wenn ich das sagte, drang nichts zu ihm, wichtig war nur

»Die fällige Strafe, weißt du noch?«

Und schon hatte er mich auf die Couch gelegt und drückte mich runter, und schon begannen die Hiebe.

»Hab ich gesagt, es setzt was?« – (Hieb) – »Hab ich versprochen, es setzt was?« – (Hieb) – »Hab ich dir gesagt« – (Hieb) – »Hab ich dir gesagt?« – (Hieb) – »Hab ich dir gesagt, es setzt was?« – (dreimal Hieb). – »Dann merk dir, daß ich nicht in den Wind rede.«

Und er ließ mich geschlagen liegen, und hinter der Wand aus Schmerz und Niederlage hervor erreichte mich die Stimme von Redakteur Mrzygłód:

»Leider ist heute kein guter Tag für unseren Wettkämpfer, leider waren wieder andere stärker …«

Außer wenn es mir durch eine entsprechende Finte gelang, ihm auszuweichen. Sogar wenn ich etwas abbekam, wenn er ausholte, so war das ein schlecht gezielter Schlag; selbst wenn ich das Peitschen auf dem Rücken noch längere Zeit spürte, gelang es mir, auf den Korridor hinauszulaufen, und dann war ich frei, natürlich, sofern ich nicht noch das Pech des Anrennens gegen die abgeschlossene Tür hatte, denn dann kriegte mich der alte K., zufrieden mit der eigenen Gerissenheit, kriegte mich und so weiter … Wenn ich also schon im Korridor war, lief ich so schnell ich konnte zur Haustür, auf Socken, sogar im Winter; ehe der alte K. sich angezogen hatte und in die Schuhe gefahren war, war ich schon aus dem Haus, ehe er die Treppe hinunterkam, hatte ich mich schon im Garten versteckt, im alten Schuppen der

Nachbarn aus dem Parterre ... ach, ich Dummkopf, meine Spuren im Schnee, er kriegte mich. Und im Sommer, ach, ich Dummkopf, nahm er meine geliebte schwanzwedelnde Hündin, er kriegte mich, selbst wenn ich auf einen Baum geklettert war, er stieg zu mir hinauf; ich war schon ganz oben, soweit es ging, in der Spitze der Krone, die dünnen Äste bogen sich gefährlich unter mir, ich konnte nicht mehr höher, der alte K. aber hatte sich zwei Äste tiefer behaglich eingerichtet und schlug mich mit der Peitsche auf die Beine. Ich schrie:

»Papa, ich fall doch runter!!«

»Du fällst nicht, du kletterst runter.«

Und er schlug, bis ich runterkletterte. Erst als ich weiterfloh, in die Stadt, fand er die Demütigung groß genug, daß ich barfuß durch die Straßen lief, im Schnee, im Regen.

»So ist es, wer nicht hören kann, muß fühlen ...«

Ich floh vor ihm; und immer, wenn ich floh, rannte ich zur Mutter.

»Warum hast du ihn geschlagen?!«

fragte die Mutter den alten K., leise, weich, so, als würde sie doppelt fragen, auch danach, ob sie überhaupt fragen dürfe, denn sie fühlte sich selbst geschlagen, wie vor den Kopf geschlagen also fragte sie den alten K., fragend irgendwie, weinerlich, mit vor Schluchzen und Stammeln schon stockender Stimme. Aber der alte K. ertrug keine an ihn gerichteten Tränen, ertrug keine auf sein Gewissen tropfenden Tränen, denn für die Tränen hätte er sich nur entschuldigen können, und er konnte sich nicht entschuldigen; denn um das Ausbleiben der Tränen hätte er nur bitten können, und zu bitten vermochte er nicht. Das heißt manchmal machte sich der alte K. an Bitten oder Entschuldigungen, manchmal entschuldigte er sich oder bat er auch serienweise, aber er hatte keine Begabung, es klang immer irgendwie falsch, irgendwie daneben, aber der alte K. war wie ein betrunkener Pianist, der sich darauf versteift, eine halsbrecherische Etüde zu spielen, und je öfter er sich vertut, je seltener er die richtigen Tasten trifft, um so beharrlicher beginnt er das Werk von vorn. Der alte K. entschuldigte sich also so oft bei der Mutter, daß dieses Wort vollkommen verblaßte, jedes Gewicht verlor, sich von seiner Bedeutung löste. Genauso seine Bitten: mit den Bitten war es noch falscher, weil der alte K. nur deshalb bat, um nicht immer zu fordern, also war seine Bitte eine in Damenschnickschnack verkleidete Forderung, eine fast perverse Warnung, daß er erstmal bat, vorläufig den Schein der Freiwilligkeit wahrte zur Verbesserung der Atmosphäre im ganzen Haus, aber einen Augenblick später, einen kurzen Moment später erging ein Befehl und der entsprechende Spruch:

»Denk daran, mein Sohn, wer nicht aus Liebe gehorcht, der gehorcht aus Angst. Wenn nicht im Guten, dann unter Zwang. Mein Sohn, mein Sohn, dein Vater bittet dich, ist mit dir vertraulich, aber du hast Bohnen in den Ohren, ganz genau: Onkel und Tante und ich mußten für Ungehorsam auf Bohnen knien, uns haben die Eltern nicht gehätschelt, es gab keine Gespräche Vertraulichkeiten, warte, warte, du wirst auch noch knien …«

Ähnlich war es mit seinen Liebeserklärungen, die Mutter erzählte, er habe sie in den ersten Jahren ihrer Verbindung überschüttet mit diesem »ich liebe dich«, diesem »mein vielgeliebtes Dummkück« – eine solche Abkürzung hatte er sich ausgedacht von dummem Küchlein – er beschmatzte sie mit liebevollen Wörtchen bis zum Überdruß, und je weniger sie sich geliebt fühlte, um so häufiger wurde ihr versichert, daß sie »der schönste Scheibendummlack« sei, daß sie ein »wunderhübsches Nabelinchen« sei, daß sie die »superabsolute Liebe meines Lebens« sei, denn obwohl der alte K. seine Liebe bekennen konnte, wußte er nicht richtig zu lieben. Er liebte also intuitiv über den Spott, er liebte schimpfend, er liebte verletzend, und wann immer eine Träne floß, überschüttete er die Mutter mit Liebesgeständnissen, Entschuldigungen und Bitten.

»Ich flehe dich an, nur heul mir schon nicht mehr, na heul mir nicht, du heulst mir wohl absichtlich …«

Mit Bitten, die allmählich an Bestimmtheit gewannen.

»Zum letzten Mal sage ich, du heulst mir nicht!«

Bis er schließlich ging, eine Etage hinunterging zur Wohnung seines Bruders des alten Hagestolzes, seiner Schwester der alten Jungfer und sich bei ihnen beklagte, mit was für einer Hysterikerin er es zu tun hat, er beklagte sich lautstark und nicht sehr klagend, man könnte sagen, mit dominierender und keine Antwort erwartender Stimme, folglich hörten ihn Bruder und Schwester immer schweigend an, konzentriert auf ihre Tätigkeiten, auf die Kochtöpfe, auf die Zeitung oder selbst die Defäkation, denn der alte K. war in seiner Jagd nach einem Zuhörer bereit, sich sogar vor der Toilettentür zu beklagen.

»Ich zieh sie, weißt du, aus der Gosse, mache eine Dame aus ihr, aus dieser Lumpen-Glucke, geb ihr ein Dach überm Kopf, ich geh hier, Mann, eine Mesalliance ein, setz hier vor allen, diese, na, meine Reputation aufs Spiel, tu alles, Mann, daß sie in Gesellschaft nicht lachen, bring ihr hier und da was bei, und sie heult? Heult mir was vor? Redet nichts?! Denkt se sich, Mann, daß sie mich mit dem Schweigen straft, is doch ne richtige Bäuerin, lohnt ja nicht ... lohnt nicht ... sich drüber auszulassen, bloß scheiden lassen, aach ...«

Und so bis alles geklagt war; dann war er plötzlich still und stieg die Treppe zurück nach oben, zur Mutter (Bruder oder Schwester konnten dann ruhig die Toilette verlassen), und als wäre nichts gewesen fragte er zum Beispiel nach einem Abendbrot oder erkundigte sich, ob sie ihm schon ein Plätzchen vor dem Fernseher freigehalten habe.

»Heute kommt doch ›Kobra‹. Hast du mir schon den Sessel reserviert, Dummlieb mein?«

Und wie von Amnesie befallen, wunderte er sich unaussprechlich:

»Na, was ist das für ein Geschweige vor dem eigenen Gatterich?!«

Er umarmte sie küchenbedingt um die Taille, von hinten an der Spüle, und küßte sie auf den Hals.

»Aber wir sind mir doch wohl nicht irgendwie böse?«

Und im Rausgehen ins Eßzimmer sagte er:

»Dann erwarte ich mein Abendbrot. Soll ich die Abendschau laut stellen?«

Die Mutter litt leider an einem ziemlich langsamen Stimmungsstoffwechsel, und während der alte K. fand, daß sämtliche Spannungen verebbt seien, blieb sie noch starr vor Kummer, und wenn sie langsam auftaute, verfiel er, des sich Einschmeichelns leid, gerade wieder in eine Phase des Dünkels, hatte er sie wieder »aus der Gosse gezogen«. So konnten sie nicht zusammenpassen, die zwei zueinander, wo also hätte ich mich dann zwischen sie einpassen können!

»Warum hast du ihn geschlagen?!«

fragte die Mutter, mit der Zeit immer lauter, die Zeit gab ihr Mut, aber nahm ihr auch Hoffnung, folglich fragte sie, die Hoffnungslosigkeit als wichtigstes Doping nutzend, mit der Zeit immer schärfer, schon ohne hinuntergeschluckte Tränen, schon ohne Zittern in der Stimme, mit den ersten Schwalben von Schimpfwörtern, noch in den eigenen Bart, abseits, zu sich selbst, dann schon ganz offiziell ausgestoßenen Schimpfwörtern, dann schon als alleiniges Schild und Rapier in einem. Denn meine Mutter beherrschte die Kunst der Rede nicht, der alte K. annullierte mit einem einzigen abgewogenen und direkt ins Ziel gerichteten Satz ihre Sprache, nahm ihr die Sprache, nahm sie ihr aus dem Mund, und die Mutter blieb sprachlos, oder eher mit einer toten Sprache, einer betäubten. Schließlich schwieg sie einige Tage, wie nach einem Weg suchend, um aufzuwachen, sie dachte, daß sie das Leben vielleicht auf der falschen Seite träumt, aber sie konnte sich einfach nicht umdrehen, also kam die Zeit der Schimpfwörter und die Zeit des Alters – so vereinten sie sich. Die Etikette wurde zum Etikett und löste sich von ihr wie von einer leeren, weggeworfenen Flasche im Regen. Noch einmal fragte sie einleitend:

»Mann, wofür hast du ihn geschlagen?!«

Der alte K. antwortete immer ähnlich:

»Vor allem habe ich ihn nicht geschlagen, sondern leicht angetippt, aber du weißt, was das für ein Hysteriker ist, gleich heult er brüllt er wie ein kranker Gaul und verdreht diesen seinen dünnen Schwächlingshals wie ein Hahn unterm Messer und schiebt diesen Adamsapfel vor und windet sich. Ich habe ihn nur leicht angetippt, aber dem Mickerling läuft gleich das Blut aus der Nase, du weißt doch, daß er das auf Abruf kann ...«

Er redete, lief um uns herum, um mich, das Knäuel, und die tröstende Mutter, die mir ins Ohr flüsterte:

»Schon gut, schon gut, gleich geht dieser Sadist, ich laß dich nicht mehr mit ihm allein, soll er mit seiner Peitsche die Tiere im Zirkus dressieren, der Kerl ist nicht normal, armes Kind, Jessus, dein ganzer Hals ist rot ... Warum ist sein Hals schon wieder rot, hast du ihn gewürgt, zum Teufel, oder was?! Kerl, mit dir kann man das Kind keinen Moment allein lassen, du taugst überhaupt nicht zum Vater, geh runter und richte deine Geschwister ab, du alter sadistischer Schafskopf!«

Und schon schaukelten sich beide hoch über meinem Knäuel, unverändert, immer, und mit den Jahren schaukelte sich ihr Hochschaukeln hoch.

»Na klar, jetzt wird sie das Kind gegen mich einnehmen, von dir hat er diese Hysterie gelernt, ich sach doch, ich hab ihn sogar überhaupt gar nicht angetippt! Bloß ganz leicht! Und du frags dich nicht, was hat er dem Vater gesagt, du frags dich nicht?!«

»Dem Vater?! Du, Kerl, nennst dich Vater? Was hast du im Leben für ihn getan? Hast du wenigstens sein Porträt gemalt?! Du kannst bloß mißhandeln, so hat dich deine Mutter da, die alte Hax, zum Schläga erzogen!!!«

Die Mutter begann mehr oder weniger dann zu *schlesiarn*, wenn auch der alte K. auf die Korrektheit der Sprache verzichtete, gleichzeitig lösten sich in ihr die Tränen und die Ziegelburg-Sprache.

»Oh, es geht schon wieder los mit dieser Gosse, geht los mit dieser Gossensprache, und das vor dem Kind, nicht dafür habe ich dich aus der Gosse gezogen, daß du sie in diesem Haus benutzt! In diesem Haus hat niemand je so eine Sprache benutzt! Und ich verbitte mir das vor dem Kind!! Denn es sieht so aus, als müßte ich da wirklich noch jemand erziehen!!!«

»Du Rüpal du, du versoffna Schläga!! Geh runta zu deina Leuta da untn, Drickaberga, du Ochsa, du willst mia Ongst mochn?! Mia?! Ohn mir wär das Haus in Ruina, Idiot du!! Pock dich, loß dich nimma blickan!!!«

Und der alte K. verschwand türknallend und ging ein Stockwerk tiefer, und da konnte er sich schon über etwas beklagen, selbst wenn kein Zuhörer da war, selbst wenn seine Schwester gerade zur Altejungfernvesper gegangen war, selbst wenn sein Bruder gerade auf ein Hagestolzbierchen gegangen war, beklagte er sich bei sich selbst. Wenn man im Korridor stand, konnte man vom ersten Stock den Monolog des alten K. hören, allerdings einen apostrophischen Monolog, eigentlich sogar einen Dialog mit der Mutter, die ein Stockwerk höher monologisierte, das heißt beide verfluchten sich gegenseitig in zwei verschiedenen Wohnungen, jedoch jeder in entsprechender Lautstärke, sie hörten einander trotz trennender Decke bzw. Fußboden. Und wenn sie schon einen Fetzen des jeweils anderen Monologs hörten, den eigenen zum Atemschöpfen unterbrechend, empörten sie sich und stachelten sich an und schaukelten sich nur noch stärker hoch, so daß man auf dem Korridor (und da stand man, da stand ich, denn ich war auf die Treppe rausgegangen, denn aus Furcht, daß vor meinen Augen etwas Fürchterliches entstand, war ich rausgegangen, stand auf der halben Treppe), so daß man auf der halben Treppe dieses sonderbare Gespräch von einander scheinbar ausschließenden Monologen am besten hören konnte, auf halbem Weg zwischen dem schon endgültig vulgären Gekeife der Mutter und nur wenig gewählteren Gefluche des Vaters. Ich stand, oder blieb eine Weile stehen, um diesen Dialog durch zwei geschlossene Türen und den Korridor zu hören, diese zornigen Bekenntnisse, Scheidungsversprechen, genealogischen Retrospektiven, diese Distelsträuße, mit denen sie einander geißelten trotz des Geschoßunterschieds. Manchmal, wenn sie den Strom des Hasses nicht schnell genug in Worte fassen konnte, stampfte die Mutter wütend auf den Boden, nicht ohne zuvörderst die Stelle anzupeilen, wo in diesem Moment für den alten K. die Decke war, sie stampfte und brüllte schon, keuchend und würgend wie eine Hündin, die bellt, bis ihr der Hundeatem ausgeht.

»Du verdammta Hundesohn, du Lump, du Friedhofsgeier, ich-gebs-dir!!!«

Sie stampfte, trampelte, und der alte K., der dieses Gestampfe über sich spürte, stellte sich auf einen Stuhl und schlug mit dem Fleischhammer, den er bei der Schwester aus der Schublade genommen hatte, an die Decke.

»Du tollwütige Hündin da oben, du beruhigst dich oder ich hole die Polizei, du Lump, du Hure, du Friedhofshyäne, ich-gebs-dir!!!«

Ich hörte also am besten, wenn ich auf der halben Treppe stand, wenn ich mich versichern, wenn ich mich überzeugen wollte, daß mir auch an diesem Abend nichts anderes übrig bliebe als um die Wohnblocks zu streifen, in Fenster zu schauen, hinter denen Leute einfach saßen, aßen und sich unterhielten; in Fenster, aus denen durch die Vorhänge Licht drang. Ich stellte mich hin ins fremde Licht wie ein von den Scheinwerfern der Grenzdienste eingefangener Flüchtling, der, ohne noch zu wissen, auf welche Seite er geraten ist, in allen ihm bekannten Sprachen das Wort »Asyl« wiederholt.

Lange hatten sie keinen Vorwand – die Großen, zu denen ich für ein knappes Jahr kam, »um wenigstens ein bißchen Disziplin kennenzulernen vor dem Schuleintritt« (wie der alte K. sagte), als ob ich Disziplin außer Haus hätte suchen müssen; die Großen, zu deren Überraschung ich als »Das-ist-euer-neuer-Spielkamerad« gekommen war, hatten lange keinen Vorwand. Sie setzten an, musterten mich, beschnupperten mich wochenlang vorsichtig, aber sie hatten keinen Vorwand, hatten keinen Anstoß, der ihnen Mut gemacht hätte, es fehlte ihnen eine eindeutige Gelegenheit, um es mir zu zeigen, um mich wegzustoßen, um zu beißen. Erst der Faschingsball, die erste Maskerade in meinem Leben, das erste offizielle Fest in meinem Leben, erst dieser Ball gab den Anlaß, erst während dieses Festes vollzog sich die endgültige Absonderung, die definitive Ausgrenzung. Bis dahin wußten diese sechsjährigen Wesen nicht, was sie fühlten, konnten es nicht benennen, sie brauchten ein Muster, eine Regel, ein Beispiel, bis dahin war ihre Ahnung vom vollen Bewußtsein ebensoweit entfernt wie das Schnörkelmalen in den Heften vom Schreiben; bis dahin, bis zu diesem Ball spürten sie, daß ich anders war, aber wußten nicht, was das bedeutete oder was daraus folgte, oder was man dann machte, was man sagte, wie man das Wort »anders« aussprach.

Ich mußte als etwas verkleidet werden. Als also die Mutter mir zum ersten Mal die Frage stellte »Als was willst du gehen?«, die schon niemals später mehr so unbeschwert klang, antwortete ich:

»Curro Jimenez«.

»Und wer ist das?« fragte die Mutter, und sicher hätte

diese Frage, auf die ich keine geeigneten Erklärungen finden konnte, ausgereicht, daß ich mich hätte als irgend jemand verkleiden lassen, als jemand Erkennbares, wenn nicht der alte K., hinter dessen Rücken hervor ich einmal zufällig eine Folge oder nur den Teil einer Folge der Abenteuer des Curro Jimenez gesehen hatte, wenn nicht der alte K. diese Serie gesehen hätte und wußte, wen ich meinte.

»Na hör mal, Curro ist doch Curro, eine sehr gute Idee. Warte, ich mache dir einen schönen Hut, Mama besetzt dir die Ärmel, dann bist du ein richtiger Curro Jimenez.«

Ich wußte nicht, ob Curro Spanier war oder ob er nur Spanisch sprach, ich wußte nicht einmal, ob das noch im Fernsehen lief, denn wenn es nicht liefe, könnte sich erweisen, daß Curro in der letzten Folge umgekommen war, ich wollte ja nicht als Leichnam gehen; ich wußte nur eins: Curro Jimenez war kein Cowboy. Und als Cowboys gingen alle Großen männlichen Geschlechts. Ihre Köpfchen versanken in den Lederhüten der Großväter, sie trugen Westen und Kirmesrevolver, sie trugen Gürtel und Sporen an den Schuhen. In die Mitte des Saals gerufen, stellte sich einer nach dem anderen vor: »Ich gehe als Cowboy«, mit jedem folgenden Cowboy einander gegenseitig sicherer, einig, zusammengehörig, die Jungs aus den Wohnblocks, die sich endlich als Gemeinschaft fühlten nicht nur aufgrund ihrer Adresse. O nein, aber nicht alle waren Cowboys, die Söhne der Bergarbeiter gingen als Bergarbeiter; die Bergarbeiter konnten in besseren Geschäften einkaufen, die Bergarbeiter durften in kürzeren Schlangen stehen, es war gut, einen Bergarbeiter als Papa zu haben, es war gut, als Papa zu gehen, es war gut, beim Morgenhörnchen zu prahlen:

»Mein Popa hot mir a Rod auf Korta G kauft«

und wenn man hörte:

»Mein Papa hat mir auch ein Fahrrad gekauft«

war es gut zu antworten:

»Ober meins ist bessa«

es war gut mit dem Bergarbeiter-Papa zu prahlen, diese Karte konnte nur stechen, wer einen Onkel in F hatte, dann konnte dieser eine die Diskussion immer beenden:

»Aber meins isses besta, a doitschas.«

Nicht alle waren Cowboys, es gab ein paar Bergleute; aber die Söhne der Hüttenarbeiter, Bäcker und Fahrer gingen nicht als Hüttenarbeiter, Bäcker und Fahrer, sie gingen als Cowboys, ausnahmslos. Ich wollte nicht als der alte K. gehen, ich wußte nicht genau, wie mein Kostüm aussehen sollte, ich wußte nicht genau, wer der alte K. eigentlich war, auch wenn er selbst sich mir gewöhnlich als »Magister der Schönsten Künste« vorstellte. Der alte K. hatte im Keller dieses Hauses seine kleine Werkstatt, in die er mich niemals hineinließ, und wo sie entstanden, diese

»... Sachen, die ich vorläufig machen muß, um dich zu unterhalten, mein Sohn. Aber merk dir, dein Vater ist jemand, er ist Absolvent der Akademie der Schönsten Künste, Bildender Künstler, für mich mußt du dich nicht schämen, o nein. Wenn die Zeiten etwas besser werden, werde ich wieder ausstellen, werde ich wieder malen, skulptieren, wird man wieder von mir sprechen, und dann werde ich solches Geld machen, daß ...«, und hier begann er die Aufzählung der Dinge, die er uns kauft, wenn erst die Zeiten sich bessern; die Mutter unterbrach gewöhnlich diese Ausführungen auf ihre Weise und mischte dabei die Redensarten:

»Kerl, wenn du endlich aufhören würdest, Nägel mit leeren Köpfen zu versprechen ...«

Ich konnte mich nicht als der alte K. verkleiden, dann hätte ich einen alten, farbverkleckten Kittel tragen müssen und mich vorstellen als in jemanden verkleidet, der sich als Magister der Schönsten Künste verkleidet hatte, da war ich lieber Curro Jimenez. »Ich gehe als Curro Jimenez«, würde ich in der Mitte des Saals sagen, während der Vorstellung, hätte ich nicht gewußt, daß sich sofort Schweigen breitmachen und dann Raunen eintreten und dann die Frage aus dem Mund der Erzieherin fallen würde, worauf ich nur den Blick auf die schwarzen Cordhosen senken würde, bis hinunter auf die Hausschühchen: »Und wer ist das?«

Curro Jimenez, in den ich verkleidet war, hatte Hosen, die in der Taille mit einer Schärpe verbrämt waren (er hatte also keinen richtigen Gürtel), ein weißes Hemd mit umsäumten Ärmeln und einem Band am Hals, er hatte auch einen schwarzen Hut, eigenhändig vom alten K. aus Pappe gefertigt (er hatte also keinen richtigen Hut) und – ach, das war sicher – er war kein Cowboy. Die Mutter und der alte K. hatten sich diesmal angestrengt, obwohl anfangs alles lief wie üblich:

»Du wirst das originellste und schönste Kostüm auf dem Ball haben. Merk dir, mein Sohn, wenn dein Vater sich schon an etwas macht, dann zittert die Konkurrenz. Vor Angst natürlich«, sagte der alte K., während er den Hut klebte.

»Du wirst ganz bestimmt der König des Balls«, sagte die Mutter, während sie die Hose besetzte, den Faden abbiß, einen Blick auf den alten K. warf. »Aber kleb ihm das ordentlich, Kerl.«

»Sag vor dem Kind nicht ›Kerl‹ zu mir, sieh lieber zu, daß du ordentlich nähst.«

»Ich nähe bestimmt ordentlich, im Gegensatz zu dir helfe ich ihm nicht nur einmal im Jahr, ich wasche, nähe, koche jeden Tag, und ohne großes Hallo, und wenn du dich schon gnädig daranmachst, dem Kind zu helfen, würdest du dabei am liebsten fürs Photo posieren. Kerl.«

»Na siehst du, sie wird provozieren mich ärgern wenn ich klebe, die Hand wird mir zittern, dann wird es gar nicht ordentlich, geh mir weg, geh am besten in die Küche, wo dein Platz ist!«

»Du, paß auf, gleich geh ich dir in die Küche, hin- und herkommandieren kanns du deine eigenen Leute unten, deine Sippe, und nicht mich, du wirs mich hier herumschieben, verdammt nochmal, wenn ich für das Kind nähe! Rüpel.«

»Was has du gesagt? Rüpel, zum Vater, vor dem Kind?! Du alte Sau, mich wirs du beleidigen? Und du, mein Sohn, wirs die Mutter nicht zurechtweisen? Dann klebt euch doch allein, bitte schön, ich werde mich bei der Gosse nicht anbiedern, basta!«

»Du verdammtes Rindvieh, scher dich mir fort, mein Leben lang helfe ich dem Kind allein, dann werd ich es jetz auch schaffen! Und du heul nicht! Was heulst du? Das Kind weint wegen dir, du Dreckskerl, du alter elender Rüpel!!«

»Brüll mir nicht auf dem Korridor, du Kuh, scher dich auf die Weide! Die Nachbarn müssen nicht wissen, daß ich eine Kuh in der Wohnung halte!!«

Aber schließlich gaben sie sich Mühe, jeder für sich, der Vater kehrte in der Nacht zum Kleben des Huts zurück, er mußte schon vor sich selbst beweisen, daß er nicht in den Wind redet; wenn die versprochene Strafe nicht an Gültigkeit verliert, nicht der Verjährung unterliegt, dann durften auch die anderen Versprechen nicht geringgeschätzt werden, daran hielt er sich; schließlich haben sie sich Mühe gegeben.

Ich wurde nicht König des Balls, obwohl ich als einziger weder Bergmann noch Cowboy war, und vielleicht gerade darum; ich wurde nicht König des Balls, weil ich Curro Jimenez war und niemand wußte, wer das war; denn das, was ich für eine Serie gehalten hatte, war ein Film, den niemand gesehen hatte, alle hatten statt dessen Western gesehen. Obwohl ich vielleicht auch deshalb nicht König des Balls wurde, weil ich bei der Vorstellung mitten im Saal stand und sagte:

»Ich gehe als Cowboy.«

Und Schweigen, und Raunen, aber keine Frage, ich konnte also in die Reihe zurücktreten und dem nächsten Platz machen, aber ich war kein Cowboy, und sie wußten das so gut wie ich und hatten einen Vorwand gefunden. Denn ich hatte einen Hut aus Pappe. Und als der erste kam und sagte

»Du, Kowboj, du host a beschoiata Hut«

und an der Krempe zog und ein Stück abriß, da kam jeder von ihnen, jeder mit echtem Lederhut auf dem Kopf verstohlen angerannt und rupfte ein Stück ab, so daß ich am Ende des Festes schon keinen Hut mehr hatte, nur eine Art schwarzen Tschako, eigentlich hätte ich mich schon als Bergmann vorstellen können. Sie hatten meinen Papphut zerfetzt und schon verstanden, was das bedeutet, was man sagt, was man mit einem anderen macht, der so tut, als gehöre er dazu.

Spucke. Auswurf, Schleim, Popel, Rotz. Die Schule war ihr Hort. Mit Spucke zeichnete man hier Reviere aus, mit Spukke verständigte man sich, mit Spucke bekannte man Liebe und Verachtung.

Man spuckte, wir spuckten. Man brachte mir bei zu spukken. Bevor ich das erste Mal angespuckt wurde, an einem meiner ersten Schultage überhaupt, sah ich, wie man sich spuckend unterhält; zwei Siebt- oder Achtkläßler, auf jeden Fall solche Hünen, Halbwüchsler, denen wir in den ersten Jahren unter den Füßen herumkrauchten, die uns nicht mehr beachteten als die Tauben, zwei von ihnen unterhielten sich spuckend, unterhielten sich mittels des Spuckens, vielleicht war das die letzte Phase eines Gesprächs, in dem es keinen Kompromiß gab; vielleicht aber war es seine einzig mögliche Phase, vielleicht unterhielten sich diese beiden miteinander seit langem ausschließlich mittels des Auswurfs; so oder so, eine der Begrüßungsszenen, einer der ersten Anblicke, mit denen mich die Schule begrüßte, die alte, die Vorkriegsschule, die renommierte (wie der alte K. sagte), der sie auch vor Jahren besuchte, also die vielleicht sogar erste Szene, die ich für immer behielt, aus der ich Konsequenzen ziehen mußte, war dieses stumme Gespräch. Der eine spuckte den anderen an, der andere spuckte den einen an, zuerst abwechselnd, als tauschten sie Meinungen aus, dann schon verbissen, gleichzeitig, serienweise, nicht mehr abwartend, bis die entsprechende Portion aus den Speicheldrüsen auf der Zunge zusammenlief, einfach zum Salut, um jeden Preis, einander immer kümmerlichere Spritzer ins Gesicht spuckend, was eine Gruppe anderer Halbwüchsiger müde betrachtete, und als ihnen der Mund schon trocken war, wischten sie sich die Gesichter mit den Uniformärmeln ab und gingen auseinander, jeder in seine Richtung.

Das war eine sehr alte Schule, die beste nach dem alten K., einige der Lehrerinnen erinnerten sich noch an ihn. Er sagte:

»Ich bin in diese Schule gegangen, dein Onkel auch, deine Tante auch, und keiner hat unserer Familie Schande gemacht, und jetzt darfst du ihr auch keine machen.«

Ich paßte also sehr auf, daß sich bloß keine Schande bot, ich hielt Augen und Ohren offen, um so schnell wie möglich so viel wie möglich zu verstehen, zu lernen, was es heißt, Schüler dieser Schule zu sein, gleichzeitig jedoch sprang mir nichts deutlicher ins Auge als Spucke. Die Spukke war lehrreich. Schnell gewöhnte sie mir den Kontakt mit Geländern ab, jeglichen Kontakt, ganz zu schweigen von der unschuldigen Perversion des Geländerrunterrutschens, denn die Geländer in dieser Schule waren immer bespuckt, klebrig von Speichel, grünend allüberall infolge der Gewohnheit der Halbwüchsigen, aber auch der jüngeren Schüler dieser Schule, der Gewohnheit, sich in der obersten Etage über das Geländer hinauszuhängen und in den Treppenschacht zu spucken, zu spucken auf die unbedacht über das Geländer gleitenden Hände, auf die Handrücken derer, die sich den Kontakt mit dem Geländer noch nicht abgewöhnt hatten, selbstverständlich traf nicht jedesmal Spukken den Handrücken, manchmal ging die Jagd daneben, obwohl mir die Techniken des Zielens immer imponierten, denn der Spuckende ließ den Rotz-Kokon an einem Speichelstengel aus dem Mund sickern und erlaubte ihm, frei zwischen den Lippen zu hängen, bis er auf ein bewegliches Ziel gelenkt wurde, dann löste sich der Rotz und fiel in die angepeilte Richtung, er traf nicht immer eine unvorsichtige Hand, manchmal, trotz der starken Gruppe der Jäger, traf niemand genau, entschied niemand den Wettbewerb für sich, dafür trafen fast alle Schleimportionen das Geländer, und früher oder später wischte die dem Geschoß entflohene Hand den Rotz vom Geländer, so oder so also erhielt sie ihre Lektion, und diese eine Lehre, die mir die Spucke erteilte, begriff und merkte ich mir schnell; am schnellsten und am meisten lehrte mich in der ersten Periode meiner Erziehung die Spucke. Es war, als litten in dieser Schule alle an einem Übermaß an Spucke, entledigten sich ihrer ohne Pause und ohne Anlaß, als quälte alle ein permanenter Speichelfluß; och, natürlich spuckten vor allem die Jungs, und zwar besondere Jungs, die sogenannten Halunken aus der Sztajnka, der Friedhofstraße, die während der deutschen Besatzung Steinstraße hieß, eine ausschließlich von früheren, heutigen oder künftigen Totengräbern mit ihren Familien bewohnte Straße, eine Straße von Alkoholikern, Habenichtsen und Banditen, die sich um so fruchtbarer paarten und um so erbitterter vermehrten, je kümmerlicher das Dasein war, das sie fristen mußten, und je mehr die Hoffnungslosigkeit auf sie herabkam. Trotz des verhältnismäßig kleinen Raums, den die Friedhofstraße und ihre Nachbarschaft einnahm, waren die prokreativen Ergebnisse ihrer Bewohner dermaßen groß, daß sie den Unterschied zwischen den Halunken von der Steinstraße und dem Rest der Schüler, die aus anderen, über die entfernteren Teile der Stadt verstreuten Wohnblocks zum Unterricht kamen, dem Rest der Schüler aus sogenannten besseren Familien, aus sogenannten normalen Familien komplett nivellierten; ach, man könnte sagen, daß jener Rest, der diese Schule aus Wohnblocks besuchte, die sich des Rufs der gewöhnlichen, normalen und sogar untadeligen erfreuten, in dieser Schule die Minderheit bildete, man könnte sagen, daß diese Schule dominiert war von den Halunken aus der Friedhofstraße und Umgebung, die an permanentem Übermaß an Speichel litten. Den Asphalthof, während der großen Pause belagert von Haufen von Gören, zierten Kränzchen von Spucke, die die Stellen markierten, wo sich die Gruppendiskussionen abgespielt hatten. Wenn in den kleinen Grüppchen diese knapp zwanzigminütigen Schwätzchen zwischen den Klingelzeichen stattfanden, unterbrach der Redende immer wieder seine Ausführungen durch Spukken, die Zuhörer nickten und zogen den Schleim durch die Zähne, je mehr sie spuckten, um so entschiedener stimmten sie dem Sprechenden zu, und die Krönung solcher Beratungen war das gemeinsame Spucken aller auf den Asphalt. Nach der Schule, auf ihren eigenen Höfen, kamen noch die Zigaretten dazu. Sonst aber änderte sich in ihrem Leben eigentlich nichts mehr, ich sah sie später über Jahre, schon als Erwachsene, und sehe sie bis heute, wie sie sich um die Häuser versammeln, im Kreis stehen und über Motoren, Karatefilme und die Genitalien ihrer Frauen reden, die bei ihnen stehen und lachen; sie reden, rauchen und spucken auf den Asphalt, sie hinterlassen Spuckekränzchen, wie ein Vierteljahrhundert zuvor auf dem Schulhof.

Die Spucke war meine erste Lehrerin, sie mahnte mich zur Ordnung, unterbrach unsere Spiele, unsere, der Jüngeren, die wir noch im Stadium der Nachahmung steckten, also hatten wir auch dieselben Spiele wie die Halbwüchsigen, die Siebt- und Achtkläßler, der Nachwuchs der Halunken aus der Friedhofstraße. Wenn wir *duca* spielten, das heißt mit Münzen in ein Erdloch warfen, war die Spucke eines gelangweilten Halbwüchsigen das definitive Endsignal, die Halbwüchsigen spuckten in unsere Löcher, selbstlos, so daß wir neue graben mußten, in die sie uns wieder spuckten, so daß wir heimlich ihre Löcher benutzen mußten und so Konspiration lernten und uns im Schauder der gemeinsamen Bedrohung vereinten. Die Spucke lehrte mich als erste Diskretion, wenn ich Kumpels ein Heft mit Autogrammen zeigen wollte, wenn wir uns vor dem Unterricht zum Kreis scharten und drängelten, um sie besser zu sehen, wenn ein durch den Auflauf angelockter Siebtkläßler herantrat und anfing: »Wos hobt ihr do?«, wenn ich ihm diensteifrig das Heft hinhielt, stolz und respektvoll sagte: »Autogramme«, wenn er mit einem Blick auf die Unterschrift des Torschützenkönigs sagte: »toll«, das Heft unter den Arm klemmte und ging, wenn ich ihm nachrannte und bat, er solle es mir nicht wegnehmen, laut, weinerlich und aufdringlich bat: »Gib her, gibs doch her«, wenn er endlich gelangweilt antwortete: »Gut, do host« und, bevor er es mir übergab, mit speziell präpariertem, grünbraunem Rotz direkt aus dem Hirn, aus den zentralen Teilen der Stirnhöhlen, geradewegs auf die Seite der Mitglieder der Auswahlmannschaft spuckte, worauf er den Deckel zuschlug, zusammenpreßte und pietätvoll die Seiten zusammenklebte; die Spucke war eine erfolgreiche Lehrerin. Sie kam von allen Seiten: direkt ins Gesicht, wenn dem Gegner die Worte fehlten; von der Seite, denn auf Klassenfahrten wurde, wer verschlief, durch eine Portion Rotz ins Ohr geweckt; von oben, wenn man auf dem Schulweg unter dem falschen Balkon durchging. Och, der Schulweg, da wurde ich besonders von hinten gezeichnet.

Och, der Schulweg. Denn von den sogenannten untadeligen Wohnblocks, aber auch von der Schule trennte mich ja die Friedhofstraße und ihre Umgebung; denn ganze acht Jahre mußte ich, um rechtzeitig zum Unterricht zu kommen, die gesamte Länge der Friedhofstraße entlanglaufen. Auf der Friedhofstraße drohte die Spucke aus Fenstern und von Balkonen, unter denen ich allzudicht vorbeiging, aber auch und vor allem von hinter mir, von hinten; ich beschleunigte jedesmal meinen Schritt auf der Friedhofstraße, deren gesamte Länge ich acht Jahre lang zweimal täglich hinter mich brachte, ich beschleunigte, denn ich spürte, daß jemand hinter mir ging, immer ging jemand hinter mir, das waren die Halunken aus der Steinstraße, und zwar die schlimmsten, die, die nicht einmal mehr zur Schule gingen. Sie hockten stumm in den Dielen und auf den Höfen und beobachteten ihre Straße, die Straße der Totengräber und ihrer Familien, die Straße des Elends, des Schmutzes und der Kriminalität, beobachteten, ob nicht etwa auf ihrer Straße ein Element von außerhalb erschien, ob nichts Fremdes die gleichförmige Komposition aus Pfützen, Pflaster, roten Ziegelmauern und grünen Brüstungen störte, ob sich hier kein fremder Köter herumtrieb, ob sich nicht eine Katze aus einem anderen Viertel auf den Zaun setzte. Sie saßen und paßten auf, dem fremden Köter banden sie einen brennenden Lumpen an den Schwanz und schauten zu, wie er sich selbst nachjagte, wie er versuchte, vor dem Feuer wegzurennen und es gleichzeitig zu erwischen (»He, he, do ist jatzt a Rossekötar, verdommter, onsteckt, he, he«); die Katzen aus anderen Vierteln warfen sie vom Dach, zu hoch, als daß diese auf vier Pfoten landen und überleben konnten (»Verdommt, s wird schütta, die Kotza fliega nieda, verdommt, he, he«), und hinter mir gingen sie einfach her. Ich fühlte ihren Atem im Rücken, ich erwartete einen Hieb, der niemals kam, erst als ich schon fast an der Schule war, sagten die Kumpels: »Du bist schon wieder vollgespuckt auf dem Rücken«, denn die Halunken aus der Steinstraße hatten mich, als sie hinter mir gingen, bespuckt, mir den Rücken bespuckt, als ich durch ihre Straße ging, mich gezeichnet. Och, der Schulweg.

Der alte K. sagte immer, das sei die beste Schule, die ich mir wünschen konnte, er wußte, was er sagte, denn er war selbst dorthin gegangen, wie auch Tante und Onkel.

»Das ist eine Schule mit Tradition, außerdem hast du es ganz nah, andere Kinder müssen Straßenbahn fahren oder Bus, und du hast die Schule fast vor der Nase, eigentlich zwei, drei Straßen und schon bist du da.«

Der alte K. erwähnte nie die Halunken von der Friedhofstraße, als ob er von ihrer Existenz nichts wüßte, aber er hätte auch von ihnen nichts wissen können aus dem selben Grund, weshalb er sich über die Trupps von Pennern in unserem Viertel wunderte, über seine stupiden Jungs, die bereit waren, die Reifen eines beliebig angegebenen Autos für eine Limo, ein Bier oder Zigaretten zu durchstechen, bereit, dem Richtigen auch mehr zu durchstechen, er wunderte sich und sagte immer:

»Zu meinen Zeiten gab es das nicht.«

Und obwohl das alle Väter und Großväter sagen, meinte er das wörtlich so.

»Denk dran, *dieses* Haus hat dein Großvater gebaut und mein Vater, das ist das älteste Haus in der Umgebung. Als ich klein war, war hier alles ringsum Wildnis, dann bauten allmählich die anderen, setzten ihre Villen daneben, dann die Ziegelburgen, und dann, nach dem Krieg, stellten sie neben uns Wohnblocks hin. Daher das Ungeziefer, die verfluchten Idioten, zu meinen Zeiten gab es das nicht! Wir hatten als erste in der Stadt *so ein* Haus, dein Großvater hat es gebaut weit vom Zentrum, um Ruhe zu haben, jetzt dreht er sich sicher im Grab um. So viele Idioten vorm Fenster und man kann dagegen nichts machen, Gott, wie kannst du das zulassen ...«

Bestimmt wurde die Friedhofstraße zu den Zeiten des alten K. erst gerade zur Friedhofstraße nach Jahren der Monotonie der menschenleeren Pflasterschneise, der nach denselben Pflastersteinen benannten Steinstraße: bestimmt hatte zu den Zeiten des alten K. die ehemalige Steinstraße nicht einmal die sogenannte Umgebung, und auf jeden Fall war das eine menschenleere Umgebung; sicher darum konnten der alte K. und auch seine Schwester und sein Bruder als Kinder ohne Ärger diese Straße entlang zu dieser Schule gehen, zu ihren Zeiten waren dort Felder und Teiche, und niemand lief, lauerte und bespuckte ihnen den Rücken. Aber die heutigen Zeiten gehörten den Halunken aus der Sztajnka, heute Friedhofstraße genannt, das waren ihre Zeiten, ganz bestimmt nicht meine; niemals würde ich zu irgend jemand sagen »zu meinen Zeiten«, denn mir gehörte keine Zeit, selbst als ich sie hatte.

Beide versuchten mir Vergnügen zu bereiten, wenn sich in ihnen eine Kammer mit Reue öffnete, mit Rührung, die sie nicht voraussehen und auch nicht beherrschen konnten; beide ließen sich von mir rühren aus unterschiedlichen Gründen, auf unterschiedliche Weise und in unterschiedlicher Häufigkeit. Der alte K. ließ sich seltener rühren, aber auch rationaler, zum Beispiel wenn ich krank war. O Wunder, er sagte dann nichts von Schwächlichkeit, er erinnerte sich nämlich daran, wie sich mir als einjährigem Kind die Lunge entzündete und Krankenhaus und Infusionen folgten und Blutübertragung. Außerhalb der Momente der Rührung behandelte der alte K. diese Transfusion als Beweis, daß in mir Banditenblut floß, er sagte:

»Ich brauche dich nicht mal zu verstoßen, in dir fließt ja fremdes Blut, alles haben sie dir übertragen von irgendeinem Banditen, nur dessen Blut hast du und von deiner Mutter, gerade richtig, um in der Besserungsanstalt zu landen.«

Man muß zugeben, daß das ziemlich glaubwürdig klang, die Mutter, von mir nach jenem Spender ausgefragt, sagte:

»Wer weiß, da kamen hauptsächlich Trinker zum Blutspenden, sie haben dafür Geld gekriegt. Geld und Schokolade, um das Magnesium aufzufüllen, und damals war es mit der Schokolade noch schwieriger als heute. Onkel Herbert der-gestorben-ist ging auch immer hin; wenn er nichts mehr zum Vertrinken hatte, wurde er nüchtern und lief verkatert dorthin, und von dort geradewegs zum Monopolladen, sein Blut war dann schon jedesmal schwächer, sie wollten ihm keins mehr abnehmen, dieser Onkel Herbert du-weißt-welcher, du warst auf der Beerdigung, ach nein, du warst nicht dabei …«

Niemals also tat es mir besonders leid, wenn dieses Blut suspekter Herkunft aus mir herausfloß, vielleicht ergab sich meine Nase darum so leicht, schon nach leichtem Zuschlagen hängte sie die blutbefleckte weiße Flagge aus. Der alte K. begriff zwar dieses Gebrechen schnell und machte, wenn er schlug, einen großen Bogen um die Nase, aber die Jungs auf der Straße, die mir wiederum nicht so oft voll in die Fresse hauten, brachten diese Blutungen ziemlich aus der Fassung, sie nahmen erschrocken Reißaus nach Hause, verzogen sich in die Zimmer und warteten auf das Klingeln an der Tür, überzeugt, daß die Miliz sie holen käme, daß sie im Vorzimmer das aufgeregte Gespräch von Vater und Mutter hören würden und das Gehämmer an der Tür: »Moch auf, du Hundsfott, Mörda du!« Denn wenn ich schon eins in die Fresse bekam, war meine einzige Waffe die Blutung, ich mußte sie möglichst attraktiv machen, leblos zu Boden fallen und mich mit dem eigenen Blut überströmen lassen oder auch taumelnd mit gesenktem Kopf (dann floß es schneller), mit Entsetzen dem Schinder zuflüstern:

»Oje, du hast mir die Nasenvene zerschlagen, gleich werde ich verbluten, und du wirst im Gefängnis schmachten …«

Und dann erst mußte ich die Besinnung verlieren. Es tat mir nicht leid, mich von meinem Blut zu trennen; ich dachte, es sei besser, wenn ich so wenig wie möglich davon hätte, das mußte schlechtes Blut sein, wenn ich zuviel davon in den Adern hatte, sicher wallte es und führte mich auf Abwege, an deren Ende immer der alte K. mit der Peitsche stand. Wenn ich also spürte, daß zu viel von diesem Blut zusammenkam, bohrte ich unsanft in der Nase und erlaubte ihm zu laufen, über Lippen und Kinn zu fließen; ich paßte auf, nicht auf den Teppich zu tropfen und auch meine Hemden nicht zu bekleckern, und wenn mir der blutige Schnäuzer schon gerann, wenn ich merkte, daß es mir auch den Hals hinunterlief, legte ich mich hin und rief nach der Mama. Mama jessuste sofort, befragte mich, lief nach dem Spongostan und einem feuchten Tuch und setzte sich zu mir, wischte das Blut weg und wechselte die Watte, bis es vorbei war; es war ausgesprochen angenehm, zu fühlen, wie ich mich vom schlechten Blut reinigte, und zu sehen, daß die Mutter von mir gerührt war, und sogar zu sehen, daß der alte K. gerührt zu sein schien. Er kam nach Hause und fragte:

»Was, schon wieder Nasenbluten?«

Er beugte sich aufmerksam über mich.

»Bleib liegen, auch wenn es schon aufgehört hat, bleib liegen.«

Er wies die Mutter an:

»Man muß das endlich mit einem Arzt anpacken, das geht so nicht mit der Nase.«

Und dann kam die Tante, die Schwester des alten K., und wenn die Eltern nicht mehr im Zimmer waren, zwinkerte sie bedeutungsvoll und fragte:

»Du hast wieder in der Nase gebohrt, stimmts?«

Und dann griff sie, wie es Gewohnheit ihres Bruders war, zu Sprüchen:

»Merk dir: der Finger ist kein Bergmann und die Nase kein Bergwerk«

oder

»Nase bohren nein, bist ja auch kein Schwein«.

Diese Sprüche mußten ihnen im Blut liegen …

Wenn aber der alte K. rundum gerührt war (und rundum gerührt war er gewöhnlich vollkommen grundlos, jedenfalls fehlte mir in dem Moment nie etwas, er versank einfach manchmal in Gedanken), kam er mit Tränen in den Augen und herzte uns wortlos, erst die Mutter, dann mich, schwieg und drückte, bis es mir den Atem nahm und ich sagte: »Papa, nicht so fest«, und dann schämte er sich, ließ mich los und ging nach unten in sein Atelier; er kam erst wieder, wenn wir schon schliefen. In solche Zustände verfiel er auch vor einer Reise: der alte K. fuhr unregelmäßig, aber ziemlich häufig zum Pleinair; selten dagegen, aber ziemlich regelmäßig wurde er auf den Truppenübungsplatz gerufen, als Oberleutnant der Reserve. Den alten K. dauerte meine physische Schwäche; wenn der verlorene Sohn verbleut oder auch gezeichnet von der blutenden Nase vom Hof kam, entrüstete er sich:

»Was, du hast dich wieder verkloppen lassen? Mein Sohn, mein Sohn, dein Vater ist Offizier, er hat ein Bataillon unter sich, und du bist der Tölpel des Bataillons.«

Wenn also der gerührte alte K. zum Truppenübungsplatz fuhr, wußte ich, daß er mir nach seiner Rückkehr ein Vergnügen bereiten wollte, ich brauchte ihn nur zur Begrüßung zu fragen:

»Und was hast du mir mitgebracht?«

»Na, was ist denn das, du fragst deinen Vater nicht, wie es ihm geht, was er erlebt hat, nur ob er dir was mitgebracht hat?«

Aber das war nur Neckerei, wenn ich nicht gefragt hätte, hätte er darauf gewartet, ich fragte also gleich, um zu hören:

»Na sicher habe ich dir was mitgebracht, aber zur Strafe, weil du so frech danach gefragt hast, bekommst du es erst, wenn du es verdienst.«

Er meinte damit, ich sollte längere Zeit »brav sein«, ich mußte mich also so geschickt einschmeicheln, daß nur wir beide sahen, daß das Einschmeicheln war; ich durfte nicht übertreiben, besonders vor Gästen, die Gäste wurden ohne ihr Wissen zu Juroren über meine Bravheit, wenn sie mich beim Abschied von meinen Eltern im Vorzimmer lobten:

»Euer Kleiner ist irgendwie so erwachsen geworden, so ausgeglichen, nicht wie unserer«

das war die beste Note, dann sagte der alte K. zufrieden:

»Alle Achtung, allmählich verdienst du das Geschenk, fürs erste hast du verdient, zu erfahren, was ich dir mitgebracht habe, hör also, junger Mann, daß dein Vater dir vom Truppenübungsplatz echte Petarden mitgebracht hat ...«

Jetzt mußte ich Begeisterung zeigen:

»Hurra! Petarden!«

aber nicht übertreiben mit der Spontaneität, keine allzu ungestümen Luftsprünge oder auch andere, Gott bewahre, unkoordinierten Bewegungen; der alte K. ertrug keinen Mangel an Koordination, er war entschlossen, mich zu korrekter, würdiger Haltung zu erziehen, er mahnte mich ständig zu Ruhe und Strammer-Haltung, abgekürzt »Ru-Stra«, wenn ich also mich verriet durch übermäßige Freude oder mich auch übermäßig verriet vor Freude, runzelte er die Stirn und erinnerte mich:

»Was sage ich dir immer, hast du das vielleicht vergessen?«

Ich beruhigte mich also, stand stramm und sagte:

»Ru-Stra.«

Und so mußte ich mich noch würdig halten, ernsthaft einen, manchmal zwei Tage absolvieren, bis der alte K. verfügte:

»Na, heute abend zünden wir die Petarden!«

»Hurra!«

»›Ru-Stra‹ auf der Stelle, oder ich nehme alles zurück!«

Die Petarden fielen genau in den Advent, wir mußten gute Werke sammeln und sie im Religionsheft als Christbaumkugeln einzeichnen, ich war also brav aus zwei Gründen: um im Gutewerke-Ranking einen Platz auf dem Podium einzunehmen und zu den abendlichen Petarden zu kommen. Nur daß meine Werke der alte K. beurteilte, und einen Eimer Kartoffeln aus dem Keller zu holen war kein gutes Werk.

»Das ist ja deine Pflicht, solche Dinge mußt du täglich im Haus machen.«

Ich fragte also, welche Werke er meinte; er antwortete:

»Naa, das müssen uneigennützige Werke sein, du darfst nicht an eine Belohnung denken, wenn du sie tust, junger Mann; es zählen nur solche Werke, die du aus Liebe zum Beispiel zu Vater-und-Mutter tust, und nicht für den Applaus ...«

Och, er gab mir damit zu denken: ich dachte, wie hier nicht an Werke denken, wie hier bewerkstelligen, daß sie meinen Gedanken vorauseilten, daß sie durch mich wie von selbst verrichtet würden und sich am besten einfach selber am Christbaum einzeichneten. Ich führte den Hund aus, um die Sache zu durchdenken, ich fragte unterwegs alte Frauen, ob ich sie über die Straße führen sollte, sie fauchten mich allerdings an, nur einmal konnte ich eine überraschen, och, eine schöne, faltige, gebeugte zwitscherte heiser:

»Söhncha, komm und sog ma lieba, wos do für a Licht brannt, ich konns nit seha, ist do schon grien?«

Ich antwortete ihr, und das war ein gutes Werk, ohne vorherigen Gedanken, die erste Kugel am Christbaum; dann am Spielsalon quatschten mich ein paar Jungs aus der Sztajnka an:

»Du, gib mo a Zehna.«

Sie brauchten noch was für den Flipper, ich gab ihnen

also, ich unterstützte die Armen, und hielt sogar den Hund vom Knurren ab, aber als ich schon eine Münze aus dem Geldtäschchen genommen hatte, als ich das Werk schon vollbracht hatte, fragte der Beschenkte:

»Du, gib mo nocha Zehna.«

Ich gab also wieder, und dann der andere:

»Und mir gibst nit?«

Ich gab also auch ihm, alle Zehner gab ich den Armen, ich hatte einige ungeplante Werke nacheinander gesammelt, dann nahm ich noch demütig den Dank entgegen:

»Host keina Zehna ma? Donn verpiß dich noch Hausa, Lohmschwonz!!«

Ihr Gelächter, als sie zufrieden mit sich in den Spielsalon gingen, erschien mir ausgesprochen dankbar, alle waren wir zufrieden, ich ging nach Hause und konnte ruhigen Gewissens die Christbaumkugeln einzeichnen. Als ich in die Religionsstunde ging, versprach mir der alte K., daß wir am Abend, wenn ich von der Katechese zurückkomme, die Petarden zünden (»Hurra!« »Ru-Stra!!«), ich ging also, glitt im Gleitschritt über den harten Schnee, beflügelt von Petarden und Werken. Vor dem kleinen Saal, bevor der Priester kam, erkundigten sich schon alle nach der Zahl der Christbaumkugeln, betrachteten ihre Bäumchen, vollständig bemalt mit guten Werken, und zählten; wenn jemand weniger hatte als die anderen, trug er sie auf der Stelle nach und sagte:

»Ach, jetzt fällts mir wieder ein ...«

Naja, offensichtlich trat ich in einer anderen Rangklasse auf, und als ich nach Hause kam, gefragt von der Mutter, antwortete ich:

»O ja, in meiner Rangklasse hatte ich die meisten.«

Aber ich wollte nicht mehr von den Werken reden, nur noch:

»Die Petarden, Papa, wann gibt's die Petarden?«

»Warst du denn brav?«

»Na klar, natürlich ...«

»Na, irgendwie glaub ichs nicht, laß uns Mama fragen ...«

»Na schieß ihm doch endlich die Petarden ab, Kerl!«

Wir gingen also raus aufs Dach in die schneehelle Sternennacht, und der alte K. packte die Petarden vom Truppenübungsplatz aus (ich sang im Geist auf die Melodie von Kołobrzeg, denn irgendwann hatten wir im Fernsehen das Festival des Soldatenlieds geschaut, und etwas über Kornblumen war mir im Ohr geblieben), ich sang im Geist, als der alte K. mir eine zu halten gab, sie zündete, sie mir zureichte:

»Jetzt wirf!«

Ich warf und schaute, wie sie flog, wie sie im Garten niederfiel, wie sie glomm und, ohne zur Entschuldigung auch nur einmal zu zischen, ohne zum Abschied auch nur zu schnalzen, stumm verlöschte. Ich wartete, schaute, fragte den alten K., ob das schon alles war, er sagte:

»Was hilfts, offenbar hast du falsch geworfen, sie mußte im Schnee verlöschen, warte, mein Sohn, mit der zweiten machen wir es anders.«

Er zündete selbst, warf selbst und wartete selbst auf die Explosion, dann wenigstens auf einen kleinen Knall, und sei es aus Dankbarkeit für die Reise vom Übungsplatz, die Reise vom Übungsplatz (so im Ohr, so im Geist), aber wieder geschah alles stumm.

Ich fragte den alten K.:

»Papa, warum hast du mir Petarden gebracht, die nicht explodieren?«

Aber er sagte nur, wir sollten nach Hause gehen, und dann, als Mama fragte, wie es war, ging er wieder zu seinen Leuten, ein Stockwerk tiefer, um sich einsam rühren zu lassen vom Verhängnis der Blindgänger, das für immer auf seinem Leben lasten sollte.

Ich liebte es, krank zu sein. Nicht aus den offensichtlichen Gründen, derentwegen Kranksein ein Vergnügen fauler Schüler ist, nicht einmal nur des wunderbaren Privilegs des Umzugs ins mütterliche Bett wegen, das in einem Zimmer mit mehr Licht, mit Fenstern nach Süden stand – sondern wegen der Stille. Wegen des durch meine Krankheit erzwungenen Burgfriedens zwischen der Mutter und dem alten K., wenn sie für die Zeit meiner Angina oder Grippe die Stimmen dämpften, im Flüsterton miteinander sprachen oder ihre Zankereien einfach außerhalb meiner Hörweite austrugen; wegen der Stille und Lichthelle liebte ich es, krank zu sein. Königlich war dieses Kranksein: nicht genug der Festlichkeit des den ganzen Tag ungemachten Betts, des Betts, in dem ich stecken konnte unabhängig von Tageszeit und Gästen, auch noch die Abwesenheit des alten K. oder seine nicht wie sonst spürbare Anwesenheit ... Wenn ich krank war, vertrieb die Mutter den alten K. von mir wie eine Hündin von den Welpen, sie paßte auf, daß ich bloß kein Fieber bekam von seinen Bemerkungen; der alte K. wurde in solchen Fällen zu seiner Familie von unten relegiert, die Mutter sagte:

»Das Kind braucht Luft zum Atmen, Kerl, ich habe dir das schon längst gesagt, wir halten es in der feuchten Bude, und sobald es gesund ist, richten wir ihm das helle Zimmer ein.«

Was natürlich niemals eintrat, denn sobald es mir besser ging, endeten meine Sonderrechte, doch ich war für mein Leben gern krank. Krankheit, das war die Kälte des Stethoskops auf meinem glühenden kleinen Körper, das war Tee mit Honig und Zitrone, das war das Kritzeln von Mutters Kugelschreiber auf dem Briefpapier, wenn sie bei mir im Sessel wachte. Außer ich erkrankte in Abwesenheit der Mutter, denn ihre Abwesenheiten kamen vor, Familienreisen oder auch Frauengeschichten, wie mir ihre Sanatoriumsaufenthalte erklärt wurden, wenn also Frauen- oder Familiengeschichten mir die Mutter auf Telekommunikationsabstand entfernten und ich gerade dann erkrankte, dann machte sich der alte K. gemeinsam mit seinen Geschwistern an die Therapie.

»Für Dummheit muß man im Leben zahlen, für Ohne-Schal-und-Mütze-Gehen, für Im-Durchzug-Stehen, für Nicht-auf-Vater-Tante-Onkel-Hören«, sagte der alte K. mit mißtrauischem Blick auf die Skala des Thermometers, des mir soeben unter der Achsel hervorgezogenen, er wendete es nach allen Seiten, als zählte er darauf, daß das Quecksilber durch dieses Drehen fiele, daß es von achtunddreißig Strichen auf sechsunddreißig sechs zurückginge. Dann reichte er es mir noch einmal und sagte:

»Du hast bestimmt keine zehn Minuten gemessen, zehn volle Minuten muß man messen, ohne zu zappeln, weil das die Messung verfälscht, du mußt noch zu Ende messen, aber ich sehe, mein Sohn, daß deine Schwächlichkeit sich wieder meldet, und statt in die Schule in die Kirche in die Religionsstunde zu gehen, bleibst du im Bett. Aber, mein Sohn, deine Mutter ist nicht da, und ich werde dich nicht hätscheln nicht tätscheln nicht Kindermädchen spielen, ich habe bewährte Hausmittel, mein Sohn, wenn du liegen willst, bleib liegen, aber fünf Tage lang flach ohne aufzustehen, außer wenn du mal mußt …«

Dann, als das Maß des Unglücks voll war und das Thermometer von den achtunddreißig Teilstrichen einfach nicht herunter wollte, ließ mich der alte K. den Mund aufsperren und den Rachen ins Licht halten, und nach einem Blick darauf brauchte er gar keinen Familienrat mehr einzuberufen, er wußte sofort:

»Alles klar, der Rachen belegt, Angina natürlich, die tausendste Schwächlingsangina, das letzte Mal nicht auskuriert, weil man statt der Scheißmedikamente bewährte Hausmittel anwenden muß, jetzt ist Mama nicht da, da können wir sie einsetzen, wir werden dich behandeln, wie mich meine Ahnen behandelt haben, das heißt mein Vater und dein Großvater, und der Vater des Großvaters, und so weiter. Bitte schön ins Bad, hier hast du Salzwasser, und jetzt spülst du den Hals, laut, daß ich es im Zimmer höre, bis ich sage, daß es reicht.«

Und ich begab mich ins Bad und unterdrückte den Brechreiz, wenn ich den Rachen mit warmer Salzbrühe spülte, und ich spülte lange, länger als nötig, länger als der alte K. es wünschte, denn ich wußte, welche Therapie dann an die Reihe kam, ich wußte, was mich nach meiner Rückkehr ins Bett erwartet, und ich wollte diesen Augenblick so lange wie möglich hinauszögern. Denn noch während ich den Hals spülte, sah ich durch die angelehnte Badezimmertür, wie der alte K. den Plattenspieler vom Wohnzimmer zu meinem Nachttisch trug, und hörte, wie er ihn klappernd anschloß und wie er, nach einer Platte suchend, ein Ouvertürchen vor sich hin summte, ich hörte, wie er das Gerät in Betrieb nahm und zufrieden murmelte, als die ersten Klänge unter der alten Nadel rieselten, zischten, brutzelten, und ich hörte schon, wie er zu mir ins Bad rief:

»Schluß jetzt mit Spülen, zurück ins Bett!«

Ich wartete bis zum nächsten Ruf (»Bist du denn plötzlich taub?«) oder manchmal, wenn ich wußte, daß jetzt Haydn rieselte, auch bis zum dritten (»Mit wem red ich, verflucht, Marsch in die Falle, sach ich!«), und kam zurück, die Hausschuhe langsam schiebend, ohne den Fuß vom Parkett zu heben, wie im Museum, damit mir noch ein paar Takte erspart blieben, damit ich mich zum Konzert möglichst viel verspätete, da ich wußte, daß ich sowieso eingelassen würde, da ich wußte, daß meine Anwesenheit in diesem Konzert obligatorisch war, da ich, wenn ich das Zimmer betrat, vom alten K. hörte:

»Nichts hilft so gut gegen Krankheit wie Haydn«

und dann:

»Mein Vater und dein Großvater ist davon immer gesund geworden. Taaaaa pam, pam pam pam. Und ich wurde davon auch gesund, obwohl du ehrlich gesagt wissen mußt, mein Sohn, daß ich eigentlich nie krank war, ich war immer ein Kerl, das heißt, ein Staatskerl. Ich weiß, woher du diese Schwächlichkeit hast, von deiner Mutter natürlich, der sanatoriumssüchtigen Hypochonderin, verdammt. Ich war nie krank, ich war gesünder als Haydn, das heißt, dank Haydns ...«

Er sprach, während er das Deckbett zurechtschob und mich bis zum Kinn fest einpackte.

»In diesem Haus wurde immer anständige Musik gehört, und nicht irgendwelche Brüllaffen. In diesem Haus wurde mit Musik behandelt. Bach, Mozart, Haydn, Beethoven, Strauß, Johann natürlich, der mit den Walzern. Hörst du das nicht? Schon der bloße Klang dieser Namen heilt ...«

Er sprach, während er auf mein dickes Deckbett eine zusätzliche Decke legte, sie zurechtklopfte, glatt strich.

»Sag sie dir vor, mein Sohn, diese Namen. Sie klingen, sie dröhnen wie ganze Jahrhunderte von Musik, wie die Sphären von Tausenden Philharmonien, wo diese Musik gespielt wurde … Makellose Musik … Vollkommene Musik … Sag es dir vor, mein Sohn, deine Mutter bringt dir das nicht bei: Hay-dnnnn! Beeee-thoveennnn!«

Und der alte K. dröhnte tatsächlich, er stellte sogar die Musik leiser, um den Eindruck seiner männlichen Stimme zu verstärken; der alte K. dröhnte, aber gesund machte mich das nicht, aus meinem kranken Hals drang klägliches Kreischen, das sofort in Husten überging.

»Hayyy … ych ych ych …«

Der alte K. sah mich verächtlich an, winkte ab und stellte triumphal die Musik lauter, er ging aus dem Zimmer, ließ die Tür aber offen und bedeutete mir mit dem Finger an den Lippen, daß ich still und konzentriert zuhören, und mit einem drohenden Finger, daß ich bloß nicht zappeln sollte. Im Gehen sprach er noch feierlich Abschiedsworte, falls mir nicht klar sein sollte, womit ich es zu tun hatte:

»Musiktherapie …«

Haydn war für mich die größte Plage. Obwohl die übrigen Wiener Klassiker die spießige Geschmacklosigkeit genauso kraß widerspiegelten, fand der alte K. besonders an Haydn Gefallen. Wenn ich Beethoven für seinen »kammermusikalischen melancholischen Lyrismus« (so stand es auf dem Cover) annehmen konnte, ohne mein Gesicht zur Grimasse zu verziehen; wenn ich bei Mozart meine glühende Stirn vor »der Unbekümmertheit seiner Klaviersonaten« (so hieß es auf dem Cover, das neben dem Plattenspieler lag) neigen konnte; dann war Haydn für mich die Verkörperung der musikalischen Langeweile (noch dazu ohne Cover, nur in einer angestaubten und zerknitterten Folie; offensichtlich entzog sich diese Langeweile selbst der musikwissenschaftlichen Beschreibung).

»Hundertvier Symphonien! Dreiundachtzig Streichquartette! Hundertneunundneunzig Trios!! Die Macht der Makellosigkeit ... Ist das etwa keine Macht?!« zerbrach sich der alte K. den Kopf, während er die passende Platte für mich aus der Haydnothek auswählte. Und ich stellte mir dann vor, wie sich der sechzigjährige Franz Joseph H. unter der Perücke die Glatze kratzt, zweifelnd in die Partitur seiner letzten Londoner Symphonie schaut und bei sich denkt: »Sie ist mir wohl endlich gelungen ... Beim hundertvierten Mal ...« – aber meiner Ansicht nach irrte er sich auch hier. Franz Joseph H. war die musikalische Entsprechung der schlesischen Mehlsuppe, das war nicht zu ertragen, das mußte man erbrechen: *Ordnung,* Korrektheit, Leichtigkeit, Kandelaber, Löckchen, Knickse, Klavichorde, Puder, Strümpfchen, Perücken, und dann Backenbärte, Konfitüren, Porzellan, Grammophone, *Ssuarée*-Besucher, Sonntagsmelomanen, dieses ganze Spießertum mit seinen ewigen höheren Ansprüchen begeisterte sich jahrhundertelang für Haydn, für die makellose Musik.

Während ich bei mir das Virus verfluchte, das mir in den Gliedern riß, und auch die Musik, die mir das Herz zerriß, spürte ich, wenn ich einmal etwas suchen sollte in der Musik, dann den Makel.

»So kann es mit diesen Krankheiten nicht weitergehen!« erklärte der alte K. und war sich darin mit der Mutter einig, und zu meiner Pein sannen sie sogar auf Abhilfe, zusammen, wie kaum je, gemeinsam trafen sie die Entscheidung, brüllend, schreiend, aber einig; es war bei ihnen schon so, daß sie aus Gewohnheit die Stimme selbst dann erhoben, wenn sie einig waren, so für alle Fälle, damit gaben sie sich zu verstehen, daß dieses Einvernehmen über den Gegensätzen keinerlei Vertrautheit bedeutete, keinen dauerhaften ehelichen Burgfrieden:

»Wir müssen etwas mit dieser seiner Gesundheit tun!!«

»Sach ich doch, seit langem sach ich das doch!!«

»Anträge ans Sanatorium schicken!!«

»Anträge schicken, und zwar sofort!! Ohne Verzug!!«

»Unverzüglich müssen wir Gesuche ans Sanatorium schicken!!«

»Ich sag dir, Kerl, das ist die beste Lösung, ihm eine Kur zu beschaffen!!«

»Im Sanatorium entschwächlichen lassen!! Wo ist das Briefpapier?! Wo ist der Kugelschreiber?!«

»Schreiben!! Abschicken!! Das geht nicht so hopp-hopp!! Wir müssen abwarten!!«

»Wir wissen ja auch nicht, ob sie ihn nehmen!! Wie schreibt man: ›höflich‹ oder ›höflig‹!!«

»So was fragst du mich, Kerl?! Wer hat hier einen Schulabschluß?! Schreiben, abschicken!! Endlich etwas tun für das Kind!!«

»Entschwächlichen!! Dort schaffen sie es, ihn zu entschwächlichen!! Ich schreibe ›höflig‹!!«

Und sie haben sie abgeschickt, an ein großes Kindersanatorium, die Anträge auf meine Aufnahme haben sie an einige Stationen geschickt, in der Hoffnung, daß wenigstens ein Antrag Erfolg haben würde: an die Skoliotiker-, an die Asthmatiker-, an die Rheumatikerstation, an die laryngologische, orthopädische, neurologische, kardiologische, orthodontische Station, mich konnte man überall hinstecken, ich paßte überall hin, es blieb nur, auf eine Reaktion zu warten.

»Deine Schwächlichkeit ist, sozusagen, allgemeiner Natur«, zerstreute der alte K. meine Zweifel. »Egal, wo du aufgenommen wirst, junger Mann, die Hauptsache ist die Konzentration des medizinischen Fachpersonals auf deine

Schwächlichkeit, sie werden dich da härter anpacken als deine Mami, mit dem Muttersöhnchen ist es ein für allemal vorbei; ich sage dir im Vertrauen, daß sie sich im Entschwächlichen besser auskennen als dein Vater, sie haben dort sogar bessere Methoden als unsere Hausmittel, hör zu, mein Sohn, du kommst bärenstark und kerngesund zurück. Denk dran, die Hauptsache ist die Konzentration ...«

»Du mußt fahren, mein Sohn, weil mich ja diese deine Gesundheit zu Tode quälen wird. Mir dreht sich immer der Magen im Grab um, wenn ich diesen Verrückten höre, wenn er in die Küche kommt und quatscht mich aus vollem Hals an, dann geht mir das Messer im Rücken auf, aber diesmal hat er recht, dort geht es dir besser, dort kümmern sie sich um dich. Du wirst sehen, diese zwei Monate vergehen wie ein Peitschenknall, noch ehe du Heimweh bekommst«, sagte die Mutter zum Abschied verwirrt ...

Und die Antwort kam, es kam die Anforderung für einen zweimonatigen Turnus, auf der Station für Atemwegserkrankungen, wie die Faust aufs Auge (sagte der alte K.), ein größeres Glück hätten wir nicht haben können (sagte er), und schon setzten sie mich in den Bus, und schon fuhr ich, um die ersten TAGE OHNE DEN ALTEN K. in meinem Leben zu feiern, die übergingen in die erste WOCHE DER ABWESENHEIT DES ALTEN K. in meinem Leben, die sich fortsetzen sollte im ersten und gleich darauf dem zweiten MONAT DER SICHEREN ENTFERNUNG VOM ALTEN K. in meinem Leben. Obwohl mich der Enthusiasmus beunruhigte, mit dem der alte K. meine Existenz den sogenannten Fachleuten anvertraute, obwohl mich die Leichtigkeit beunruhigte, mit der er auf die Priorität der Hausmittel verzichtete; hier mußte ein Hund begraben liegen. Ach, meine Unruhe dauerte nicht lange, gerade mal zweihundert Kilometer, denn gleich nach der Ankunft entdeckte ich einen ganzen Hundefriedhof, wie in Dokumentarfilmen über dieses schreckliche Amerika, ja, auf Schritt und Tritt stolperte ich die nächsten Wochen über Hundegrabsteine, in den Badeanstalten, auf den Fluren, in den Speisesälen, in den Isolierzimmern, überall dort, wo wir minderjährigen Kuranten, man könnte sagen, konzentriert wurden, um unsere Schwächlichkeit en gros zu heilen, mit derselben Methode für alle. Ich kam auf die Station für Atemwegserkrankungen, obwohl das, genauer genommen, eine Station von kleinen Asthmatikern war, anfangs dachte ich, Asthma sei die allgemeine Bezeichnung für alle Anginen, Halsentzündungen und andere Krankheiten, von denen ich ständig befallen wurde, ich dachte, da wäre ich also endlich unter meinesgleichen, müßte aussehen endlich wie alle, dasselbe machen wie alle, genauso einschlafen und aufwachen wie alle. Wie alle fand ich mich gleich vom Bus in der Verwahrung, wo wir uns nackt ausziehen, alle persönlichen Sachen in Fächer legen und die Schlüssel den Schwestern abgeben mußten (»Ihr bekommt sie am Abreisetag zurück«), wie alle landete ich von dort aus im Badehaus, wo uns die »Feldscher« (ei, schon gleich am Anfang haben wir verstanden, wo wir hier waren) genau instruierten, wie wir uns mit Schmierseife waschen sollten und warum sie am gesündesten ist, wie alle bekam ich nach dem Baden einen Kleidungssatz zugeteilt und einen roten Pulli darüber, wir alle durften darunter unterschiedliche Unterhemden, unterschiedliche Scheißerhosen, unterschiedliche gemusterte Flanellhemden haben, aber alle mußten den gleichen roten Pulli tragen, hier durfte es keinen Unterschied geben, die älteren Kuranten, die zum x-ten Turnus in Folge da waren (das passierte bei sogenannten schweren Fällen, bei chronischen Fällen, die eine langwierige Therapie brauchten), erklärten uns, falls einer von uns einen Fluchtversuch machen wollte, wäre das erste, was wir machen sollten, den roten Pulli loszuwerden, alle Einwohner dieses Städtchens wüßten, daß Kinder mit roten Pullis Flüchtlinge aus dem Sanatorium sind. Der älteste Kurant hieß Ratter, man brauchte sich für ihn keinen Spitznamen auszudenken, die Feldscher sagten, daß Ratter hier schon den achten Monat sei und daß sich sicher alle mit ihm anfreunden wollten; als ich Ratter fragte, warum einer von uns zu fliehen versuchen sollte, das ist doch ein Sanatorium, und kein Gefängnis, fragte er zurück:

»Kommst du aus dem Kinderheim?«

»Nein«, entgegnete ich erstaunt.

»Hast du Vater, Mutter, ein Zuhause?«

»Hab ich.«

»Dann denkst du bestimmt bald an Flucht. Du hast jemand, nach dem du dich sehnen kannst.«

Ratter war der einzige Sanatoriumsgast, der hier heimisch zu werden vermochte, der absichtlich nicht gesund wurde und die ganze Kraft seines frühreifen Willens zur Unterdrückung der eigenen Gesundheit einsetzte, um möglichst lange in der Heilanstalt zu bleiben, denn Ratter kam aus dem Waisenhaus. Und hatte niemanden, nach dem er sich sehnen konnte. Solange er den Status des Kuranten genoß, war er den anderen Kindern gleichgestellt, denn wir alle waren im Sanatorium zeitweilig obdachlos, wir alle waren auf Zeit verwaist; Ratter war also das glücklichste Kind in diesem ganzen Heilbehandlungskombinat, bis die Kinder des jeweiligen Turnus irgendwann seine Herkunft herausbekamen und seine ganze Autorität ernstlich ins Wanken geriet, denn was ist die Autorität eines so armen Kerls wert. Bevor jedoch der Pferdefuß hervorschaute, war Ratter auch für uns ein Gigant, denn nach seinen Prophezeiungen gab es keinen Heroen, der länger als eine Woche ausgehalten hätte, ohne das erste Mal nach seinen Eltern zu weinen, und Ratter weinte nie; es gab keinen unter uns, der nicht nach ein paar Tagen die Feldscher angefleht hätte, sie ans Telefon und Mama-und-Papa anrufen zu lassen, und Ratter telefonierte nie.

Ich konnte mich im Sanatorium nicht einleben; ich wollte nach Hause fliehen, zu meiner Mutter und zum alten K.; ja, ich sehnte mich nach dem alten K., sogar nach seinen Sprüchen, sogar nach seinen therapeutischen Methoden; ich wollte dorthin fliehen, wo ich zu Hause war, da sich im Sanatorium trotz der einheitlichen Farbe unserer Pullis schon am ersten Tag und in der ersten Nacht zeigte, daß ich gar, gar nicht zu Hause war, daß ich nicht dazugehörte und daß ich mich mit großer Gewißheit die nächsten Monate vor ihnen in acht nehmen mußte. Als wir unsere Spärlichkeiten aus den kleinen Rucksäcken gepackt hatten, Hefte, Federmäppchen, Amulette, Autos und was man sonst noch so geschmuggelt hatte, landete in jedem Fach außer meinem auch ein kleines Handatemgerät, eine vollkommen selbstverständliche und unentbehrliche Sache für einen Asthmatiker, alle meine Anstaltsgenossen waren nämlich auf der Station zwecks Behandlung von anfallartiger Atemnot, keiner von ihnen war ein Schwächling allgemeiner Natur, wie der alte K. sagte, sie hatten ihre konkreten Leiden, die sie hier zu bekämpfen kamen, sie hatten ihr Pfeifen, Röcheln, Atemstokken, ich dagegen hatte einen gleichmäßigen und regelmäßigen Atem, ihnen setzte sich nachts der Alp auf die Brust und saugte die Luft von ihren Lippen, ich konnte noch nicht mal mit Schlaflosigkeit aufwarten. Meine Gesundheit war für sie eine Taktlosigkeit, also traktierten sie mich mit zusammengerollten Handtüchern, um den Stand der nächtlichen Demütigungen im Saal auszugleichen, wenn mich keine Atemnöte plagten, wenn ich nicht aufwachte, um hilflos Odem zu schöpfen, mußte man mir eine Tracht Prügel verabreichen, prophylaktisch, ab und zu, ich sage nicht täglich, immer dann, wenn ich schon bei mir dachte, daß sie sich irgendwie mit meiner taktlosen Gesundheit abgefunden hatten, daß sie sich schon gelegentlich mit mir abgaben und mich sogar an die Tischtennisplatte im Gemeinschaftsraum ließen, gerade dann bekam ich wieder etwas ab, gerade dann wurde der Abstand zwischen uns schmerzlich wiederhergestellt. Da ertappte ich mich bei einem schrecklichen Gedanken: In meinem ganzen Heimweh war auch Platz für die Peitsche des alten K., denn wenn er mich schlug, hatte ich nur ihn allein gegen mich, jetzt aber schlug mich die ganze Horde, ich hatte sie alle gegen mich, alle mir fremden Rotzjungen, die sich gegenseitig aufhetzten, denn immer sind die Gesunden schuld am Unglück der Kranken, denn immer sind die Reichen der Grund für das Elend der Armen, und ich begriff, daß ich ihren Haß nicht überwinden würde, weil er ewig und unheilbar war – und gerade da zeigte sich mir auch der Kern des Schreckens meines Heimwehs, weil ich erkannte, daß ich nicht einem Irrtum zum Opfer gefallen war, daß der alte K. genau wußte, wohin er mich schickte, deshalb hatte er sich so zufrieden die Hände gerieben, darin steckte das Geheimnis meiner Entschwächlichung, die der alte K. den anderen anvertraute, nicht die Feldscher sollten mich entschwächlichen, nicht die Behandlungen, die Kneippschen Güsse, Spaziergänge, Medikamente, sondern diese kleine Horde von Asthmatikern sollte mir Selbstverteidigung beibringen, sie sollten in mir einen konstruktiven Haß wecken, sie sollten mir die Gesetze des Dschungels eintrichtern; offensichtlich hatte der alte K. erkannt, daß die Demütigung an Kraft verliert, wenn man sich daran gewöhnt, wenn sie zur Regel wird, er gönnte mir also eine neue Art der Gewalt, er spannte pfiffig andere für sich ein, er beschloß, mich von sich abzulenken, meine Angst und meinen Widerwillen woandershin zu richten. Als ich also auch in dieser meiner Pein den alten K. entdeckte, als ich voller Entsetzen begriff, daß der, nach dem ich mich sehnte, in Wirklichkeit hier mit mir war, nachts an meinem Bett stand, mir ein Bettlaken über den Kopf warf und mich mit zusammengerollten nassen Handtüchern prügelte, daß er in dieser keuchenden vielhändigen kleinen Menge war, die mich mitsamt den Wurzeln aus dem Schlaf riß, daß er in jedem Striemen war, mit dem meine Altersgenossen meinen Schmerz besiegelten – als ich das dachte, beschloß ich zu fliehen.

Und das um so lieber, als ich nicht allein sein sollte: das glücklichste Kind im ganzen Sanatorium plante die Flucht. Ratter gab nichts darauf, daß sein Waisentum herauskam, darauf war er vorbereitet, er wußte, daß er sich dann zurückziehen mußte, daß er im Schatten warten mußte, bis seine Position in der Gruppe wiederhergestellt war, denn die Kinder nahmen schließlich auf Zureden der Feldscher auch diese Tatsache als Beweis von Ratters Größe, seiner Unverwüstlichkeit (er ist nicht nur seit acht Monaten hier, er kommt sogar aus dem Kinderheim, und er weint nicht, beklagt sich nicht, lernt gut, und er knallt jedem gnadenlos einen vor den Latz, der ihm dumm kommt, na und er weiß alles über das Gebäude, er weiß sogar, wie man nachts auf die Mädchenstation kommt, und das war schon wahrhaftig ein Geheimwissen, denn die sich daraus ergebenden Vorteile waren nur den Eingeweihten verständlich, den Halbwüchslern, solchen Giganten wie Ratter). Das Drama war, daß Ratter eines Tages Besuch bekam. Besuch war im Sanatorium schon an sich ein beispielloses Ereignis, die Betriebsordnung des Sanatoriums schloß diese Möglichkeit aus, denn sie brächte den Jungs nur Ablenkung und Tränen, sie würden nur an den Weg nach Hause und nicht an den Weg zur Genesung denken. Besuche waren ausschließlich an den Feiertagen erlaubt, in seltenen Fällen war sogar Ausgang möglich, wenn die Eltern ihr Kind unbedingt nach Hause nehmen wollten, eventuell noch in absoluten Ausnahmefällen wie zum Beispiel am Geburtstag eines Kuranten. Aber Ratters Besuch kam an einem normalen Wochentag, so daß er sogar vom Unterricht befreit wurde, um sich mit ihm treffen zu können. Ein paar Asthmatiker waren an dem Tag auf Station (immer blieb jemand da, vor allem vor Klassenarbeiten, auch darin waren sie mir überlegen, daß sie sich auf ihre Atemnot berufen konnten, um nicht zur Schule gehen zu müssen, und da die Atembeschwerden vom Streß verstärkt wurden, schien es den Feldschern vollkommen natürlich, daß die Kinder vor den Tests gesundheitlich abbauten), sie drangen irgendwie in die Nähe des Besuchszimmers vor, und alles verbreitete sich wie der Blitz. Ratters Vater war da. Die Jungs erzählten, er sah aus, als wäre er hundert, zitterte am ganzen Körper, und am meisten zitterten seine Hände. Sie sagten, Ratter hätte ihn nie gesehen und er wollte ihm nicht glauben, aber dieser schlottrige Tattergreis zeigte ihm seinen Ausweis, wo er als sein Sohn eingetragen war. Sie sagten, dieser Typ wollte Ratter über die Feiertage zu sich nehmen, aber die Feldscher erlaubten es nicht, da er Alkoholiker war und wohl schon lange kein Sorgerecht mehr hatte. Die Jungs sagten, Ratter hätte schließlich losgeheult und seinen Alten angebrüllt, immer dasselbe, immer wieder: »Warum bist du gekommen?! Warum bist du hergekommen?!« Sie sagten, er rannte dann auf die Station, und dieser Alte blieb dort und zitterte noch stärker, und er konnte nicht aufstehen, und als die Feldscher ihm helfen wollten, sagte er, er komme zurecht, zog einen Flachmann aus der Tasche und nahm einen tüchtigen Schluck, da fuhren ihn die Feldscher an: »Trinken werden Sie hier ganz bestimmt nicht, bitte verlassen Sie das Sanatoriumsgelände«, und er wartete ein Weilchen, stand dann ganz aus eigener Kraft auf und fluchte dermaßen los, daß jeder der Jungs eine andere Fluchversion hatte, sie fingen an zu streiten, und damit war ihr Bericht zu Ende. Als wir aus der Schule kamen, sahen wir alle durch die Scheibe (wir hatten nämlich zwischen den Sälen keine Wände, sondern bloß Scheiben), wie Ratter dalag und ins Kissen weinte. Die nächsten Tage traute sich niemand ihn anzusprechen, denn wir wußten nicht, wie wir anfangen sollten, stumm spielte uns Ratter alle beim Tischtennis an die Wand, und das war unser ganzer Kontakt, jeder fürchtete, daß ein Wort ausgereicht hätte, um eins auf die Nase zu kriegen, alle ahnten, daß Ratter nur darauf wartete, sich an jemandem auszulassen, und ich wußte, daß ich mich beeilen mußte, wenn ich mit ihm zusammen die Kurve kratzen wollte. Ich sprach ihn auf dem Klo an, dem einzigen Ort, zu dem die Feldscher nur beschränkten Zugang hatten.

»Ich will abhauen. Hilfst du mir?«

»Verpiß dich aufs Dach«, antwortete er, während er über dem Urinal seinen Pinkel von Urintröpfchen befreite.

»Dann verpetz ich dich halt bei den Feldschern. Ich weiß, daß du abhauen willst. Entweder fliehen wir zusammen, oder ich verpetze dich, und du kannst Gift darauf nehmen, daß sie dich in den Bunker stecken.«

Er durfte mich nicht verprügeln, weil er nicht prügeln konnte, ohne Spuren zu hinterlassen, er hätte mir ein Veilchen gemacht und die Feldscher hätten ein Auge auf ihn gehabt, gerade jetzt konnte er mich nicht verprügeln, gerade jetzt konnte er niemandem hart zusetzen, da er fliehen wollte, das spürte ich, nur deshalb hatte ich den Mut, ihn so verzweifelt zu erpressen.

»Du Dreckskerl« – er holte aus, aber vor meinem Gesicht hielt die Faust an. – »Du Dreckskerl du« – das mußte Haß sein, ich war geradezu verzaubert von seinem Blick, das war der reine Haß eines Hilflosen, in seinem Blick war nicht diese Mischung von Zärtlichkeit und Ekel, die ich in den Augen des alten K. gesehen hatte, Ratter schaute mich an mit gerechtem, treuherzigem Haß, da plötzlich stand vor ihm ein Hindernis, das er sich nicht vom Hals schaffen konnte.

»Ich habe Geld«, sagte ich. »Das können wir gebrauchen, nicht?«

Er ließ die Faust sinken, vielleicht glaubte er mir, vielleicht dachte er auch, er würde mir die Fresse polieren, sobald wir in sicherer Entfernung wären, aufgeschoben ist nicht aufgehoben, wie der alte K. immer sagte, und darauf war ich vorbereitet. Am nächsten Morgen ließ er mich möglichst viele Butterbrote einpacken, sie in den Taschen verstauen und mich bereithalten. Nach dem Frühstück stand Schnitzeljagd auf dem Programm. Volltreffer. Ratter wußte immer alles im voraus. Wir rannten durch den Wald zum Bahnhof, er ließ mich Fahrkarten kaufen für den nächsten Zug egal wohin, ich hatte Angst, daß er wegrennt, aber er stand ruhig an der Kasse, und der Aufgeregte war ich. Ich folgte ihm auf Schritt und Tritt, ohne etwas zu fragen, das einzige, wovor ich Angst hatte, daß er mich allein ließe, Ratter wußte, was zu tun war, mit ihm fühlte ich mich sicher. Der Zug war voll, überall saßen Leute, aber er sagte, gleich findet er einen Platz für uns. Er suchte ein Abteil aus, in dem zwei Mädchen und ein drei Sitz breites Weibsstück saßen. Wir quetschten uns daneben, und Ratter ließ laut einen stinkenden Furz nach dem anderen fahren. Das Weibsstück schmatzte erst empört, dann wies es ihn zurecht, aber Ratter erklärte, daß er eine kranke Bauchspeicheldrüse habe und der Arzt ihm verbiete, die Winde zurückzuhalten. Das Weibsstück nickte verständnisvoll, aber am nächsten Bahnhof scharte es seine Mädchen zusammen; als wollten sie aussteigen, zogen sie in einen anderen Wagen um. Wir blieben allein. Ratter fing an:

»Mach die Jacke zu oder zieh den roten Pulli aus und steck ihn ein, sonst dingsbumse ich ihn aus dem Fenster. Ich habs dir doch gesagt, zeig dich bloß nicht damit, wenn wir abhauen.«

Ich befolgte gehorsam die Anweisung. Ratter befahl mir als Kommandeur, den ich mir selber ausgesucht hatte, er war kein Usurpator, das erste Mal in meinem Leben schöpfte ich eine gewisse Lust aus dem Gehorchen.

Er holte die Butterbrote hervor, aß und sprach mit vollem Mund:

»Sie werden uns mit der Polizei suchen, als Vermißte, weißt du überhaupt, wo du dich reingeritten hast?« – Er sah mich mit einer Grimasse an, als hätte ich ihm den Appetit verdorben. »Ich weiß nicht, wohin du fahren willst, aber ich glaube, du wirst zu Hause Dresche beziehen, Feiertag hin oder her, du kriegst bestimmt eins drüber, oder? Ich verschwinde an der nächsten Station, ich trampe weiter, die Kontrollettis haben bald von uns gehört. Leihst du mir noch bißchen Kohle.«

Ich schüttelte den Kopf.

»Nein. Ich fahre mit dir.«

»Wohin willst du denn mit mir fahren, du Muttersöhnchen? Zieh endlich Leine, feier schön mit deinen Lieben, heul dich aus vor deiner Mami, wie schlecht es dir ergangen ist im Sanatorium, bestimmt kriegst du verdammt coole Geschenke.«

»Nein. Ich fahre mit dir.«

Er winkte ungeduldig ab.

»Ich würde dir eine scheuern, aber du tust mir leid. Du kannst nicht mit mir mitkommen, weil ich über die Feiertage zu meinem Alten fahre. Du hast dein Zuhause, ich hab meins, verstehst du?«

»Du weißt nicht mal, wo er wohnt.«

»Halts Maul. Ich weiß es, weil er es mir gesagt hat ... Und denk bloß nicht, daß er Alkoholiker ist. Er zittert nur ... vor Kälte. Mein Alter ist Schatzgräber. Einmal hat er dreißig Tage in einem alten Stollen verbracht, weil seine Taschenlampe kaputtging. Er trank nur Wasser aus den Pfützen, aß nichts. Nach dreißig Tagen haben sie ihn gefunden, hast du eine Ahnung, was das heißt? Er sagte, nicht der Hunger war am schlimmsten, sondern die Kälte. Als er gerettet wurde, zitterte er am ganzen Körper. Das geht nicht mehr weg. Wenn jemand wirklich sehr, sehr gefroren hat, dann hört er nicht mehr auf zu zittern.«

Dieses naive Geschichtchen bewies nur, daß Ratter in der Rolle des stolzen Sohnes nicht geübt war, er hatte keine Gelegenheit gehabt, das Flunkern über den Vater zu lernen, er wußte nicht, wo die Grenze war, jenseits deren eine unglaubliche, aber mögliche Geschichte zu glattem Blödsinn wird, schon der bloße Gedanke daran, daß er vor den Jungs von der Station solches Blech reden könnte, weckte mein Mitleid mit ihm; ich begriff, daß Ratter sein Leben für die elendste Kreatur opfern würde, wenn er sicher sein könnte, daß das sein Vater wäre, ich begriff, daß er mit dieser Kreatur Zeit verbringen wollte, daß er zu seinem Penner-Vater fuhr, um mit ihm durch dick und dünn zu gehen, um sich anspucken, schlagen, demütigen zu lassen, nur damit er zu jemandem »Papa« sagen konnte; ich begriff, daß Ratter all seine Schätze hergeben würde (das heißt ein Paar chinesischer Tischtennisschläger, mit denen er jeden an die Wand spielte), damit er zu jemanden auch bloß »Papa, nicht hauen!« sagen könnte. Und hier trennten sich unsere Wege.

Ich habe ihm einen Teil meines Geldes für das Versprechen gegeben, daß er mir eine Weihnachtskarte von seinem richtigen Zuhause schickt. Allein erreichte ich die Endstation und rief aus der Telefonzelle meine Eltern an. Viel hing davon ab, wer den Hörer abnahm, aber ich hatte das Gefühl eines guten Werks, ich hatte das Gefühl einer Christbaumkugel, die ich vor langer Zeit am Christbaum hätte einzeichnen können, und ich war zuversichtlich, daß Ratter sein Zuhause erreichen würde und bei mir meine Mutter am Telefon wäre. Sie war dran. Den ersten Zorn des alten K. fing sie ab. Die Bahnstation, von der aus ich anrief, war weit genug weg, so hatte sie auf dem Weg zu mir Zeit, ihn von meiner Unschuld zu überzeugen.

»Unser Sohn ist weggerannt, weil sie ihn gedemütigt haben, ihn hungern ließen, weil er sensibel ist, er hat es nicht ausgehalten, außerdem ist bald Weihnachten, wir hätten ihn sowieso nach Hause geholt, was hilfts, wir dürfen dem Kind nicht die Schuld geben …«

Der alte K. wußte es besser:

»Er ist weggerannt, weil er ein Schwächling, ein Tölpel, ein Muttersöhnchen ist. Er ist weggerannt, weil er ein Schandfleck, ein Tolpatsch, ein Trottel ist. Er ist weggerannt, um mir und meiner Familie wieder Schande zu machen, aber das ist natürlich dein Verdienst, dann zieh ihn alleine auf, ich werde mich nicht einmischen.«

Und dann haben sie sich nicht einmal gestritten. Ich habe nichts abbekommen. Der alte K. knurrte ein wenig vor sich hin und redete sein Zeug, aber im Grunde sah es so aus, als hätte er mich vermißt. Ich saß hinten und traute meinen Ohren nicht, der alte K. erzählte plötzlich Witze, die Mutter schaute mal ihn mal mich ungläubig an und lachte nervös über die Witze, und ich dachte, daß ich diese nächtliche Fahrt, diese Lichter auf dem Armaturenbrett, die unter den Brücken aussetzenden Songs von Niedzwieckis Hitliste, diese Namen von Ortschaften, auf die der alte K. sich schlüpfrige Reime ausdachte, bis die Mutter ihn schubsen mußte, diesen vertrauten Gestank von den koksverarbeitenden Betrieben vor den Fenstern, als wir uns unserer Heimatstadt näherten, das alles werde ich in allen Details mein Leben lang behalten. Es sah so aus, als bräuchten wir einander. Ich hatte mich schuldig gemacht, und mich traf weder eine Strafe noch ein Urteil auf Bewährung; zum ersten Mal in meinem Leben war ich so verwirrt durch die Kraft der Vergebung.

Nach Neujahr brachte der Postbote die Bewilligung für die Skoliotikerstation, wo es Halbjahreskuren gab, aber die Mutter zeigte sie dem alten K. nicht mal.

Ich bekam auch einen verspäteten Weihnachtsbrief von Ratter. Aus dem Waisenhaus. Er war angekommen damals, aber sein Vater war viel zu betrunken, um ihn zu erkennen.

Der alte K. hatte sich ein sogenanntes Familiensignal ausgedacht, damit wir uns in der Menge nicht rufen mußten (wie er sagte), denn die Namen wiederholen sich, irgendwie mußte man sich unterscheiden, und beim Nachnamen zu rufen war nicht angebracht, wozu sollten alle wissen, wer sie waren (wie er sagte). Der alte K. hatte sich also ein Familiensignal ausgedacht, gewissermaßen in der Annahme, daß er viele Gelegenheiten haben würde, Frau und Kind herbeizurufen; er mußte annehmen, daß Frau und Kind die Neigung entwickeln könnten, verlorenzugehen, seinen Augen zu entschwinden, seiner Kontrolle zu entgleiten; der alte K. hatte sich ein Familiensignal ausgedacht, auf das man sofort reagieren konnte, es sei denn, man tat so, als ob man es nicht gehört hätte; ein Rufsignal, auf das man sofort zu reagieren hatte, denn der alte K. rief nicht gern vergebens. O ja – das Familiensignal des alten K. wurde nämlich gepfiffen, eine einfache kleine Melodie, ein kleiner Takt, tirararatira, und schon wußten wir: ach, da pfeift jemand, du mußt hinausschauen, dich zeigen; der alte K. hatte es sich ausgedacht, und die übrigen lernten es, und so pfiffen wir uns in diesem Haus für immer an. Mit der Zeit stellte sich heraus, daß dies den Kontakt zwischen den Stockwerken erleichterte; Bruder und Schwester des alten K. brauchten unsere Vornamen nicht zu benutzen, sie brauchten sich nicht zu dieser, immerhin, Vertrautheit des Verkehrs per Vornamen aufzuraffen, sie verkehrten mit der Mutter per Pfiff. Das Signal half dem alten K. und meiner Mutter auch nach Wutausbrüchen, während der Schweigetage: der alte K., der sich weiter bei seiner Frau verköstigen ließ, harrte in der Wohnung der

Geschwister eines Zeichens von oben, auf das Herbeirufen zum Mittagessen, denn solange die Mutter wütend war, solange pfiff sie; und wenn der Tag gekommen war, an dem sie ihn beim Namen zum Mittagessen rief, lief er zum Blumenstand, denn er wußte, jetzt würden Blumen wirken, er brachte ihr welche, und es ging los:

»Das meinigste Eheliebchen war beleidigt, aber jetzt ist es wieder eine gute Frau, hat sich wieder entleidigt, schon gut, schon gut … «

Der Burgfriede dauerte gewöhnlich ein paar Tage, selten etwas länger, höchstens – eine Woche, in dieser Zeit aber war meine Mutter lebendig im positiven Sinn, sie hatte den Mut, Witze zu erzählen, und verpatzte sie gnadenlos, was sie noch lustiger machte; freilich, überrascht von dem Übermaß an Freude, die sie alleine gar nicht unterbringen konnte, bemühte sie sich, sie zu teilen mit wem sich's traf, auch mit mir. Um mir Vergnügen zu bereiten, machte die Mutter mir also Geschenke, aber die Freude paarte sich in ihr mit Geistesabwesenheit, und deshalb passierte es ihr beunruhigend oft, daß sie mir den Tod schenkte.

Denn wenn die Mutter im Winter, mit der Handtasche schlenkernd und federnden Schritts durch die Hauptverkehrsader der Stadt zog, voller Freude, weil der Mann, weil alles wieder gut war, weil es gut war zu denken, alles sei wieder gut, kaufte sie leichtsinnig dies und jenes, schaute die Menschen an und wunderte sich, warum sie so schneebestäubt, so schwerfällig waren, und wenn sie an einem Aquarienladen vorbeiging, fiel ihr ein, ach mein Sohn, ach Fischchen, also erwarb sie eilig »ein paar nicht zu teure«. Der Verkäufer fischte zwei Pärchen Trauermantelsalmler heraus und fragte:

»Und haben Sie etwas zum Transportieren?«

Das hatte sie nicht, und er schüttete die Trauermantelsalmler in einen Plastikbeutel, band ihn zu und reichte ihn der Mutter; und sie lief durch die Stadt zur Winterzeit, und sie machte Lebensmittel-Kleidungs-Freuden-Käufe, und wenn sie zurückkam, hörte ich dieses freudige Geklapper auf der Treppe, diesen energischen Rhythmus der Absätze und das Geraschel der Einkaufsnetze, und der Hund an der Tür hörte es auch und winselte, und ich machte auf; wir rannten runter, um die Einkaufsnetze hochzuschleppen, reinzuschnuppern, reinzuschauen, und der alte K. machte die Tür seines Ateliers auf und wollte auch wissen, was diese Freudenkäufe diesmal brachten, was ohne Schlangestehen zu haben war (denn im Alltag standen wir an, nicht an Tagen ebenjener außergewöhnlichen, festtäglichen, versöhnlichen Freude), und schon stürzten wir uns alle auf die Netze und packten alles aus, als hätten wir den Weihnachtsmann überfallen, und die Mutter bekam davon einen Lachanfall, sie lachte Tränen; als der alte K. das sah, fing er an, sie mit seinem Schnurrbart zu kitzeln, zu beißen, ihr Knutschflecke zu machen, worüber sie sich plötzlich entrüstete:

»Was machst du, du Idiot?!«

Und da knirschte es schon wieder; aber ich schaute mir in dem Moment die Trauermantelsalmler an, die gänzlich erbleichten, schlaff im Plastikbeutel schwebenden; ich schüttete sie ins Aquarium und sah, wie sie auf den Grund sanken, wie die anderen Fischchen verwundert schauten, wer ihnen diese Kadaver auf ihr Territorium ließ. Die Trauermantelsalmler vertrugen nämlich nicht viel Frost, der Enthusiasmus meiner Mutter allein hatte nicht gereicht, um sie zu wärmen; von Laden zu Laden schauten sie immer trüber aus dem wackeligen Plastikbeutel auf die Welt, ihre dunklen Flossen wurden allmählich bleich, und obwohl sie – wer weiß es – vielleicht ahnten, daß sie ein Freudengeschenk waren und diese Übergangsphase durchhalten mußten, und obwohl sie – wer weiß es denn – ahnten, daß sie ein kuschelwarmes Aquarium voller Pflanzen und geselliger Millionenfische erwartete, sind sie mit dieser Vision in ihren Fischgehirnen auf dem Weg nach Hause erfroren, und ich konnte ihnen eine Seemannsbestattung in der Toilette veranstalten. Dann fiel ich der Mutter plötzlich ein:

»Ojemine, ich hab dir doch Fischchen gekauft, wo sind sie, habe ich sie im Laden vergessen?«

Ich beruhigte sie:

»Nein, nein, ich habe sie schon gefunden, sie schwimmen schon, schau.«

Und sie schaute ins Aquarium, ohne die Gattungen zu unterscheiden, starrte ins Aquarium, lauschte auf das leise Glucksen der filtrierten Luft, holte sich einen Schemel und ließ sich endgültig nieder und sagte:

»Ich bleib ein bißchen bei den Fischchen sitzen, daß ich mich was beruhige.«

Ich wußte schon damals, daß in einer schwarzen und unausweichlichen Zukunft, wenn meine Mutter tot war, die Erinnerungen an diese Tolpatschigkeiten, an diese unschuldigen Fauxpas mörderisch sein würden. Erst am Grab stellt sich heraus, daß wir unsere Eltern für ihr Unerfülltes liebten, für das, was uns gemeinsam mißlungen ist, ihre Fauxpas ragen am bitterlichsten aus den Gräbern hervor und lassen sich nicht hineinstopfen. Tja, am Grab stellt sich das heraus.

Ich habe – ihnen – an Gott geglaubt. Ich habe ihnen wohl in dem Moment wirklich geglaubt, als ich eine Armbanduhr, zwei Neue Testamente, einen gelben Moskwitsch mit Batterieantrieb ohne Batterien (der ärmste Zweig meiner Familie wußte mich mit seinen Geschenken immer grenzenlos zu rühren) und ein Klapprad bekam, Resultat der vereinten Kräfte der Mutter, des alten K. und seines Bruders des alten Hagestolz, der beim Kauf von Verkehrsgerät nützliche, wenn nicht unentbehrliche Beziehungen hatte. Ich hatte das alles bekommen, denn von nun an sollte ich den Feiertag in vollem Umfang heiligen, meine Sünden in den Großhandel der Sünden tragen und ihn nach dem lossprechenden Klopfen an die Beichtstuhlwand verlassen und anschließend ein dünnes Scheibchen des göttlichen Leibes essen (damit hatte ich immer ein Problem; fragte ich nach der kannibalischen Dimension der Kommunion, hieß es, ich sollte keine Dummheiten reden, als Erwachsener würde ich das verstehen; fragte ich, warum ich also schon jetzt etwas tun mußte, was ich nicht verstehe, hieß es: Neugierde ist der erste Schritt ins Verderben; fragte ich, was für ein Riese Jesus Christus hätte sein müssen, daß Sein Leib so viele Jahre lang für Millionen von Menschen auf der ganzen Welt reichte, hieß es: nerv uns nicht, geh und bete lieber, das ist Lästerung) und ein Heiliger sein bis zur ersten Sünde, vor allem aber und zuvörderst (wie der alte K. sagte) sollte ich von nun an wirklich obligatorisch und bedingungslos gehorchen.

»Denk dran, mein Sohn, die Erstkommunion, das ist der Tag, von dem an du selbst für deine Sünden verantwortlich bist, jetzt setzt sich dein Schutzengel nicht mehr beim Herrgott für dich ein, jetzt mußt du alles persönlich beichten. Denk dran, mein Sohn, von heute an schaut Gott Tag und Nacht auf dich und sieht all dein schlechtes Benehmen, sogar das, was ich nicht sehe und wofür ich dich nicht bestrafen kann. Gottes Strafe ist tausendfach schrecklicher als meine Klapse, du mußt also, mein Sohn, vor jeder Beichte immer sehr gründlich Gewissenserforschung treiben und eine Liste der Sünden aufstellen, damit du bloß keine vergißt. Du vergißt, aber Gott wird dich beim Jüngsten Gericht an diese Sünde erinnern, oder auch viel früher, zu Lebzeiten, wenn du mit keiner Strafe rechnest, denk dran, mein Sohn, Gott wird dir nicht antworten auf deine Frage ›wofür?‹.«

Und bevor er mich auf die Stirn küßte (ja, auf die Stirn, an diesem Tag mußte alles seine heilige Dimension haben, alle küßten mich, statt mich an sich zu drücken und auf die Wangen zu küssen oder auch spontan, geburtstäglich abzuküssen, auf die Stirn) und segnete, murmelte er noch inständig flüsternd das passende Sprichwort, dabei piekste er mich mit dem Schnurrbart am Ohr.

»Der heilige Ägidius, der alle Sünden sehen muß ...«

Am seligsten war an dem Tag die Schwester des alten K., fast posierte sie als heilige Theresa, wenn sie mein Paradeanzügelchen ansah, die geweihte Kerze in meiner Hand, wie ich mich der Herde der zur Erlösung geführten Lämmchen anschloß, sie verdrehte die Augen vor Wonne; ich hätte schwören können, daß das die glücklichsten Augenblicke in ihrem Leben waren, all jene, die mit dem vorkirchlichen Menschenauflauf zusammenhingen; ob während meiner Taufe, ob bei meiner Heiligen Kommunion oder bei der Firmung, immer sah ich diese grenzenlose Befriedigung auf ihrem Gesicht, wenn sie mich an sich drückte und Maria anempfahl, ich fühlte direkt, wie sie wie eine Katze schnurrte; ich sah, wie ihre Lider bebten, wie sie die Augen zukniff, wenn der Priester in den Vermeldungen ihren Namen aussprach und ihr für ihre Gemeindearbeit dankte, ich stellte mir vor, was während der Pilgerfahrten des Papstes mit ihr geschah, was in ihr vorging, wenn sie, zwischen Menschengewühl und Schutzschranken gepfercht, einen Moment ganz dicht am Papamobil stand, einen Moment Seine Augen, Seinen Blick auffing und spürte, daß sie in diesem einen Moment die einzige Person auf der ganzen Welt war, die der Papst anblickte; ich stellte mir all diese süßen Ohnmachtsanfälle vor und begriff im Nu die Quellen ihres Altjungfernstandes: mein Tantchen war eine weltliche Nonne, Priorin des einköpfigen Ordens zur Heiligen Selbstinnigkeit, das war so gewiß wie der Schauer in der Kirche, wie die brennenden Sünden auf dem Scheiterhaufen der Gebete, wie das Fingergeflecht der Fröm-möm-mömmigkeit, wie die im Beichtstuhl flüsternd bekannten Versuchungen; und die Schwester des alten K. hatte von den Litaneien blau geränderte Augen und ein von den Gespenstern Glaube, Liebe, Hoffnung randvolles Herz.

Ich habe ihnen an Gott geglaubt, nicht für lange, aber ich habe ihnen geglaubt. Ich habe geglaubt trotz der Halunken von der Sztajnka, die ich verwundert in Ministrantenkleidchen sah (und später stahl ich mich auf die Friedhofstraße, um zu prüfen, ob sie vielleicht zu Heiligen geworden waren, ob sie vielleicht endgültig Angst vor dem heiligen Ägidius bekommen hatten; ich hatte Glück, sie bemerkten mich nicht, sie waren viel zu absorbiert vom Schmeißen mit Weinbergschnecken auf eine Zielscheibe, die mit gestohlener Schulkreide an die Hauswand gezeichnet war, zwei von ihnen hielten weinende Mädchen fest, die sie wohl hinter der Friedhofsmauer beim Schneckensammeln angetroffen hatten, die Mädchen hatten ein großes Klettenblatt gepflückt und eine Kolonie von Weinbergschnecken angelegt, und sie hatten abgewartet, bis das Arsenal gefüllt war, damit sie viel zu schmeißen hatten, und dann griffen sie sich die Schnekken und veranstalteten ein Wettschmeißen; also hatte sich nichts geändert, also konnte man Halunke sein und zugleich Ministrant, darin bestand Gottes Barmherzigkeit).

Ich habe geglaubt trotz des alten K., der mir während der Messe zum Zeichen des Friedens die Hand reichte und nach der Rückkehr nach Hause die fällige Strafe verabreichte, vor dem Mittagessen, damit ich guten Appetit bekäme; wenn ich mich aber auf diese kirchliche Versöhnung berief, während ich wegrannte, mich hinter dem Tisch verbarrikadierte, die Stühle umstieß, antwortete er:

»Das ist alles richtig, mein Sohn, zwischen uns herrscht Frieden, ich bin doch dein Vater, ich führe gegen dich keinen Krieg, ich erziehe dich einfach, komm mal her, wo rennst du denn weg, du Dreckskerl, warts ab, ooooh, und was machst du jetzt, was machst du jetzt? Weißt du wofür?« – (Hieb, *da capo al fine.*)

Ich glaubte ihnen, obwohl sie weder aufhörten, sich zu hassen, noch es fertigbrachten, sich zu trennen. In ihren Drohungen verließen sie einander tausendmal, aber im Grunde waren sie abhängig voneinander, im Grunde konnten sie sich nicht mal einen Schritt voneinander entfernen. Ich nannte das häßlich Scheiß-Scheidungs-Spiel. Die Mutter sagte immer, daß sie sich wegen mir nicht scheiden ließen, um mir Leid zu ersparen, und der alte K. behauptete ständig:

»In der Kirche gibt es keine Scheidungen, was hilft's. Wenn man Gott einmal etwas versprochen hat, muß man durchhalten, was hilft's.«

Erst nach meiner letzten Beichte hörte ich auf, ihnen zu

glauben, spät erst, schon im Alter der drängenden körperlichen und geistigen Fragen, im Alter der autoerotischen Gefangenschaft.

»Vater, ich habe gesündigt ...«, flüsterte ich, und meine Stimme blieb am Gitter des Beichtstuhls hängen, ich hatte gedacht, dies hätte gereicht, hatte gehofft, es hätte gereicht, in die Augen des Pfarrers zu schauen, um in ihnen Verständnis für meine Gewissensqualen zu finden, meine Stimme verfing sich im Gitter des Beichtstuhls, und mein Blick suchte die Augen des Beichtvaters; er fand sie, aber darin fand er nichts.

»Und ...«, fragte der Pfarrer, und dann noch mal: »Und?« – und noch – »Na und?!«

Ich schwieg, und er redete los:

»Wenn du Sünden auf dem Gewissen hast, für die du dich schämst, dann ist das gut, das ist Bestandteil des Sakraments der Buße. Die Scham geht der Reue voraus. Aber du mußt deine Sünden bekennen, mein Sohn, damit sie dir erlassen werden können. Ich helfe dir. Hast du schmutzige Gedanken? An Mädchen? An unkeusche Taten? Befleckst du dich? Heimlich? Verbunden mit Gedanken? Mit unkeuschen? Seit wann passiert dir das? Und wo machst du es? Auf der Toilette zu Hause oder vielleicht in der Schule, in der Pause? Wann? Wo?«

Er sabberte, ich sah, wie er den Speichel wegwischte und fortfuhr:

»Und hilfst du dir bei deinen abscheulichen Phantasien mit Bildern? Na, schaust du dir häßliche Bilder an? Denkst du an jemand Konkretes in deinen unkeuschen Gedanken? Du muß alles genau erzählen, das ist sehr wichtig, deine Scham wird dich reinigen, erzähl mal – wie oft machst du es? Passiert es dir im Zimmer, wo Heiligenbildnisse an der

Wand hängen? Machst du es lieber am Tag oder nachts? Und passiert es dir auch im Traum? …«

Wieder wischte er sich mit der Stola ab.

»Na?! Na red doch!«

»Vater, ich habe gesündigt«, sagte ich. Ich stand auf. Ich ging weg. Ohne Abschied. Und niemals mehr nannte ich jemanden Vater.

Wenn mich die Jungs vom Hof fragten, warum Tante und Onkel keine Kinder haben, warum sie sich nie zusammen zeigen, warum sie keine Eheringe tragen, mußte ich wahrheitsgemäß erklären:

»Sie sind doch kein Ehepaar, sondern Geschwister. Sie wohnen zusammen, weil sie keinen hatten, zu dem sie hätten ziehen können.«

Aber die Jungs ließen so schnell nicht locker:

»Ha, ha, wer erzählt dir diesen Schmus, sie bumsen ganz bestimmt, nur deine Alten machen dir was vor, man kommt dafür nämlich ins Gefängnis. Wenn ein Bruder mit seiner Schwester bumst, dann werden Monster geboren, Mechagodzillas.«

Ich hatte zu prüfen, wer Schwester und Bruder des alten K. tatsächlich füreinander waren. Sie wohnten ein Stockwerk unter uns, zusammen; ich hatte nie zu ermitteln versucht, ob diese Situation unnatürlich war, Tante war Tante, Onkel war Onkel, sie war eine alte Jungfer, er ein alter Hagestolz, sie war Priorin eines einköpfigen Ordens, er … ja eben, lange konnte ich ihn nicht knacken; der Hauptcharakterzug des Bruders des alten K. war die vom Vater ererbte Unsichtbarkeit. Es kam vor, wenn ich um Milch oder Honig bat für die Mutter (»Geh doch zur Tante, sie hat bestimmt frische Milch, ich hatte heute keine Lust, früh zum Laden zu laufen«), während ich wartete, bis die Tante das Gefragte aus dem Küchen- oder Kühlschrank hervorholte, stellte ich mich in die sperrangelweit offene Tür und blickte ins leere Zimmer des Bruders des alten K., auf das im Durchzug lüftende Bettzeug, die Kopien von Renaissancestichen an den

Wänden, das Tafelbiedermeier, die durchgesessenen Sessel, bis sich in dieser Leere plötzlich etwas bewegte, da war er unerwartet nicht mehr durchsichtig, war gerade im Werden begriffen, vor meinen Augen, indem er ein Bein über das andere schlug und Zigarettenrauch ausblies; man könnte sagen, ich erkannte ihn am Rauch, der Rauch war sichtbarer als er, ich bemerkte ihn also und fragte (immer klang das gegen meine Absicht wie ein Vorwurf):

»Du bist ja da?«

Und selbst dann fand er in sich nicht die Sicherheit, sein Dasein zu bestätigen, er übernahm von mir die Frage, stellte sie sich im Geiste selbst: »Bin ich da?«, er zog an der Zigarette, versank noch tiefer im Sessel und dachte nach, und wenn er mir wieder durchsichtig wurde, wenn ich ihn wieder vergaß und mich von der Schwelle zurückziehen wollte, weil die Tante beladen mit Milch und Honig kam, antwortete mir der Bruder des alten K. doch mit Verspätung laut:

»Eine gute Frage ...«

Der Bruder des alten K. war der einzige Bewohner dieses Hauses, der mich garantiert in gute Laune versetzte, sogar oder vielleicht gerade dann, wenn er mir zu drohen versuchte; er war der am wenigsten bedrohliche Mann, den ich kannte, vielleicht fand er deshalb keine Frau, die sich bei ihm geborgen fühlte, man kann sich nicht geborgen fühlen bei einem definitiv nicht bedrohlichen und unsichtbaren Mann. Der Bruder des alten K. hatte einen unglücklichen Sprachfehler, sein »sch« klang immer wie »ss«, wenn er mir also mit dem Finger drohte, hörte ich aus seinem Mund etwas wie: »Ssau zu, sonst kriegst du eins auf den Pörssel«, selbstverständlich äffte ich ihn nach, und er winkte nur ab und versank wieder in sich selbst; gerade wegen seiner unmännlichen Diktion sprach er leise, wie voller Scham darüber, daß ihn jemand für einen Homosexuellen halten könnte, dabei träumte der Bruder des alten K. von Frauen. Er sprach leise und unmännlich, und wenn er bei Tisch etwas sagte, merkte es niemand, er hatte gelernt, es sich nicht zu Herzen zu nehmen, daß ihn niemand beachtete, das war das schlimmste, denn der Bruder des alten K. wurde, auch wenn er vernünftig redete, auch wenn er geistreiche Kommentare abgab, für einen Kauz gehalten, der vor sich hin lallte. Der Bruder des alten K. wurde desto leiser und unmännlicher, je mehr er in der Gesellschaft dasein wollte, es kam vor, daß das Gespräch auf ihn kam und niemand auch nur in seine Richtung schaute, man sprach über ihn wie über einen Abwesenden, immer und überall Abwesenden, und der Bruder des alten K. schrumpfte ein, krümmte sich in sich zusammen, er verschwand ganz im Rotweinglas oder im Krug Bier und schwamm so lange darin, bis der Klang scharrender Stühle ihm bewußt machte, daß die Veranstaltung zu Ende ging und man aufbrechen mußte. Der Bruder des alten K. nahm sich vor, im Leben etwas so Großes zu vollbringen, daß er, wenn auch unscheinbar, nicht mehr unsichtbar wäre, bloß noch unscheinbar, um mit der Zeit zum Kräutchen Rührmichtnichtan zu avancieren und schließlich zum Springkraut, aber es blieb beim Vorsatz: wenn er an die Karriere eines Pianisten dachte, sah er sich sofort als menschliches Pianola, als Laune der Natur, der die Frauen im besten Fall mit geschlossenen Augen lauschen werden; wenn er an die Karriere eines Literaten dachte, fiel ihm Cyrano de Bergerac ein, und er stellte sich vor, wie er einsam im Park saß und auf der Bank nebenan einen männlichen Mann sah, der eine frauliche Frau verführte mit seinen Erotika; wenn er an die Karriere eines Malers dachte, kam er zur Überzeugung, daß alle Liebhaber seines Werkes ihn immer mit seinem Bruder verwechseln würden, der Bruder würde ihnen die Tür öffnen und an seiner Statt die Lorbeeren ernten.

In diesem Haus gab es Platz nur für einen WAHREN MANN, und der alte K. nahm ihn vollständig ein. Die Schwester paßte indessen genau auf, daß der jüngere Bruder bloß nicht auf Abwege geriet, und kaum hörte sie am Telefon eine weibliche Stimme, sagte sie, ihr Bruder sei nicht zu Hause und man möge nicht mehr anrufen, und wenn der Bruder einmal zur Nacht nicht nach Hause kam, betete sie stundenlang für die Keuschheit seiner Seele und seines Körpers, und morgens, sich auf die Lippen beißend und so laut seufzend, daß er sie hören mußte, wo auch immer er sich verkroch, weckte sie in ihm Gewissensbisse, bis sie endlich unter Seufzen fragte:

»Warum hältst du nicht auf dich? Warum führst du kein anständiges Leben?«

Er winkte nur ab, schloß sich ein und schrumpfte noch mehr zusammen, besonders wenn indessen familiäres Einvernehmen eingetreten war und auch der alte K. noch kam und seinen Senf dazugab:

»Hör mal, denk bloß nicht, wenn du fünfunddreißig bist, wärest du schon erwachsen und dürftest alles, was ist das für ein Nichtnachhausekommen, was ist das für ein Nichtaufsichhalten, Keinerücksichtnehmen auf Bruder-und-Schwester? Ich lasse nicht zu, daß du mir irgendein Virus ins Haus trägst, weil du dich bestimmt zu Dirnen verirrst, du Irrer du, ich lasse nicht zu, daß du Schmutz in mein Haus trägst! Weil das mein Haus ist genauso wie deins, und sogar mehr, weil ich Verantwortung trage, für Familie Kind Frau verantwortlich bin, und du bist überhaupt wer weiß nicht was! Ich schäme mich, so einen Bruder zu haben! Und wenn es dir nicht gefällt, dann weg mit dir, zieh aus zu den Flittchen auf die Straße auf den Bahnhof! Und daß ich dich bloß nicht in der Kirche sehe; wenn du die Stirn hast, in der Kirche zu erscheinen, setz dich lieber hinter mich! Denn sobald ich dich sehe, steige ich mitten in der Messe auf die Kanzel und rufe, solange der Sünder der Schmutzfink der Nichtnachhausekommer der alte Ehebrecher der billige Schürzenjäger in der Kirche sitzt, ist das Frevel, und die Messe darf nicht weitergehen!«

Der Bruder des alten K. schwieg, diese Verdächtigungen schmeichelten ihm sogar, solange man ihn einer schändlichen nächtlichen Aktivität verdächtigte, war er noch männlich genug, im Leben Erfüllung in einer Frau zu finden, so erklärte er sich das und schwieg; wenn er nachts nicht nach Hause kam, dann nur wegen Betrunkenheit und Hängenbleiben bei einem alten Freund, aber er ließ sich nie auf Erklärungen ein, er bewies seine Unschuld nicht, dieses Spiel mit dem Schein war ihm sogar willkommen. Bis es geschah, im siebenunddreißigsten Lebensjahr erzählte der Bruder des alten K. auf dem Geburtstag eines Freundes einen Witz, den eine frauliche Frau hörte, na vielleicht nicht so offenkundig auf den ersten Blick fraulich, na vielleicht nicht so eindeutig ideal fraulich, aber sie hörte ihn, bemerkte ihn, lachte auf, und der Bruder des alten K., der seinen Ohren und Augen nicht traute, wollte diesen Augenblick so lange wie möglich festhalten, er griff also zum nächsten Witz, dann zum nächsten, dann noch zu einem, und jeder von ihnen weckte bei der fraulichen Frau immer größere Fröhlichkeit, bis sie nach dem x-ten Witz, atemlos vor Lachen, nach seiner Hand griff, als ob sie sich darauf stützen wollte, mit ihrer Hilfe das Gleichgewicht halten wollte, und plötzlich wurden alle am Tisch still und bemerkten mit verschmitztem Lächeln auf den Lippen den Bruder des alten K. und die frauliche Frau, die seine Hand hielt, und jemand kam auf eine Idee, er sagte, und der Rest stimmte ein: »Begleite sie nach Hause, ha ha, am besten begleitest du sie nach Hause«, und der Bruder des alten K. fühlte sich, als säße er schon am Hochzeitstisch unter »Küßchen, Küßchen« rufenden Gästen, und gleich darauf half er schon der fraulichen Frau in die Mantelärmel, schon half er ihr die Treppe hinunter, schon winkte er ein Taxi herbei. Aber im Taxi schlief die Frau ganz fraulich ein, den Kopf auf seine Schulter gestützt, und als der Fahrer fragte, wohin er sie fahren sollte, wagte der Bruder des alten K. nicht, den fraulichen Schlaf zu stören und nach der Adresse zu fragen, er ließ ihn also zu diesem Haus fahren. Noch schlafend trug er sie auf den Händen aus dem Auto, trug die Schlafende in dieses Haus, legte sie vor der Kellertür ab und stieg in den ersten Stock. Die Schwester sah ihren Bruder um diese nicht allzu unanständige Zeit allein zurückkommen, konnte also ihren Morgarock ausziehen und sich in Ruhe in ihrem Stübchen den Abendgebeten hingeben, und da rannte der Bruder, zunächst der Türe Schließen vortäuschend, auf Socken (damit es geräuschlos sei) nach unten zur Kellertür, nahm die noch immer besinnungslose, in Schlafes Armen ruhende frauliche Frau in seine wachen Arme und lief, zwei Stufen auf einmal nehmend, getragen vom Begehren zurück in die Wohnung, in sein Stübchen, legte sie aufs Bett und setzte sich in den Sessel daneben, keuchend vor Erregung. Er drehte den Schlüssel im Schloß und wollte gerade die fraulichen Pumps von den fraulichen Füßen ziehen, als bei jenem Rasseln des Schlüssels die Schwester beunruhigt (denn gewöhnlich schloß er sich nicht ein) ihre Gebete unterbrach und an die Tür kam, horchen, klopfen, fragen:

»Bist du da?« – (die Klinke greifen, rütteln) – »Was schließt du dich denn ein? Warum schließt du dich ein?« – (mit der ganzen Faust hämmern, an der Klinke rütteln).

Der Bruder des alten K., von Gedankenflucht befallen, spielte indessen auf Zeit:

»Das ist mir automatiss ungewollt gedankenlos passiert …«

»Was redest du da? Das passiert dir doch nie! Was machst du da? Was ist da mit dir los? Mach auf, sonst rufe ich gleich den Bruder von oben!«

Und von dem Gerede und Geklopfe wurde die frauliche Frau allmählich wach, drehte sich hilflos im Bett, suchte sich im Gelände zu orientieren, bis der Bruder des alten K. alles auf eine Karte setzte (mit dem Gewehrlauf an der Schläfe bietet der Mensch verschüttete Schichten der Selbstbehauptung auf), der Bruder des alten K. legte der auferweckten fraulichen Frau die Hand auf den Mund, wagte den bedeutungsvollsten Blick seines Lebens und zeigte mit der Hand auf den Schrank. Die frauliche Frau überbrückte geschickt die Kluft zwischen »wo-bin-ich?« und der Kleiderschrankkonspiration, sie nickte zum Zeichen ihrer Bereitschaft und ließ sich unter schmutziggrauen Sakkos, Krawatten und durcheinandergeworfenen zu kurzen Hosen plazieren, sie ließ sich im Schrank einschließen, mit Mühe das beschwipste frauliche Lachen unterdrückend, weil ihr die Situation so grenzenlos spaßig erschien, daß sie beschloß, sich auf das Spiel einzulassen. Der Bruder des alten K. ließ seine Schwester ins Zimmer, die sich sofort ans Beschnüffeln und Durchsuchen aller Winkel machte und drohende Blicke warf.

»Bist du denn verrückt geworden? Was schließt du dich ein? Ich nehme dir den Schlüssel weg, damit du nicht in Versuchung kommst …«

Hier wagte der Bruder des alten K. auf der Welle der freigesetzten Selbstbehauptung einen Akt des Widerstands und sagte bestimmt:

»Holla! Holla, holla! Ich bin siebenunddreißig Jahre alt und habe ein Recht auf meinen Sslüssel! Es ist wohl mein verdammtes Recht, mich mit mir selber im eigenen Zimmer einzussließen, wann ich will! Das verbietet das Vatikanisse Konzil wohl nicht, verdammt noch mal!! Ab heute werde ich die Tür immer abssließen, wann ich will, und vielleicht werde ich sie überhaupt nicht mehr aufmachen, und vielleicht werde ich überhaupt nicht mehr aus dem Zimmer gehen, und vielleicht werde ich vom Balkon sspringen, ich habe ein Recht darauf!! In meinem Alter habe ich das Recht auf den Sslüssel, auf das Klappern des Sslüssels in der Tür, auf den Sslüssel, den S-schlüssel, den SCHLÜSSEL!!!«

Und als es ihm gelungen war, das *sch* richtig auszusprechen, begriff die Schwester, daß sie nichts erreichen würde, daß ihn hier ein Wille beseelte, der stärker war als ihre Gebete, und daß es besser war, sich zurückzuziehen, ihn nicht zu reizen, denn wer weiß, was da in ihm steckt, zappelt, aus seiner Seele zu springen versucht, also ging sie erschrocken aus dem Zimmer, um die ganze Nacht nicht zu schlafen, um fastend und opfernd zu wachen, als Fürbitte für des Bruders dämonengeplagte Seele. Der Bruder des alten K. war so ergriffen von der plötzlichen Überwindung seiner unmännlichen Diktion, daß er den Schwall der Wörter kaum halten konnte, hingerissen von ihrem Klang.

»*Sch*aum*sch*läger, *Sch*a*sch*lik, *Sch*umann, *Sch*au*sch*au!, zi*sch-sch-sch*«, sagte er, als die frauliche Frau dem Kleiderschrank entstieg und sogar den Verdacht zu hegen schien, daß der Spaß zu Ende ginge, denn vor ihr stand ein richtiger Verrückter, und sogar ihr Kichern schien leiser zu werden, sie trat also an den Bruder des alten K. heran und flüsterte ihm ins Ohr:

»Ich möchte puschen.«

Der Bruder des alten K. war noch nicht ganz zurück aus seiner artikulatorischen Schwelgerei, also nahm er auf:

»Pu*sch*pu*sch*, ku*sch*ku*sch*, *Sch*u*sch*u ...«

Doch gleich darauf merkte er, was sich zusammenbraute, und duckte sich innerlich vor Schreck, denn das Glück drohte ihm plötzlich zu entgleiten, also sprach er:

»Du kannst jetzt aber nicht pu*sch*pu*sch* gehen. Sie ... sieht dich ... und dann ... du kannst nicht, ich bitte dich ...«

Die frauliche Frau, noch beschwipst genug, um den Spaß fortsetzen zu wollen, machte sich im stillen klar, daß sie noch nie einen solchen Kauz gevögelt hatte und daß sie das jetzt gleich tun mußte, denn das war eine einmalige Gelegenheit, angeblich haben Verrückte eine außergewöhnliche Potenz, gleich macht sie sich an ihn ran, aber vorher schifft sie sich aus.

»Wo soll ich es sonst machen?«

Der Bruder des alten K. verlor allmählich seine Selbstsicherheit, schaute sich ratlos im Zimmer um und hatte keine Idee, er fürchtete etwas zu sagen, denn er spürte, daß das *sch* ihm wieder entglitt zusammen mit der Sicherheit, mit der Männlichkeit, und bevor er ratlos die Hände ausbreitete, ergriff die Frau frauliche Initiative, näherte sich der Lieblingspalme der Schwester des alten K., zog die Unterkleider aus, hockte sich über den Blumenkübel und lockerte die Erde mit einem spontanen Strahl, während der Bruder des alten K. diese Szene mit offenem Mund betrachtete, sie schiffte sich aus, entkleidete sich vollständig, näherte sich seinem aufgesperrten Mund und schloß ihn mit ihrem Kuß und dann mit dem ganzen Rest ...

Das war die schönste Nacht im Leben des Bruders des alten K., aber als die frauliche Frau sich früh am Morgen mit seiner Hilfe aus d i e s e m Haus herausschlich, befand sie, daß das Abenteuer mitsamt dem Rausch zu Ende gehen sollte; der Bruder des alten K. rief monatelang an, bat, erkundigte sich, aber hier war nichts mehr zu machen, die frauliche Frau hatte zu Hause ihren männlichen Mann mit Schnurrbart, ihre kindlichen Kinder, ihre familiäre Familie, und sie bat den Bruder des alten K. geradezu, sie nicht zu belästigen, erwachsen zu sein, das sei sehr, sehr angenehm gewesen und sie bereue nichts, er solle sich aber wie ein Mann benehmen und nicht wie ein Lümmel. Also kehrte der Bruder des alten K. in sein Zimmer zurück, schloß sich ein und vertrocknete mit Blick auf die vertrocknende Palme, die Palme, die, von der fraulichen Frau besprengt, kein gewöhnliches Wasser mehr trinken mochte, auch sie sehnte sich nach der einen einzigen Nacht, und in dieser Sehnsucht darbte sie sich zu Tode.

Schwierig bist du, mein Sohn, oj schwierig, ganz dieser Alte, wenn du wenigstens einen Charakterzug von mir geerbt hättest, aber nein, alles von diesen K.s, oj du wirst niemanden finden, der es mit dir aushalten könnte – sagte die Mutter immer, als ich ihr schon verbot, ins Bad zu kommen, wo ich in der Wanne saß, als ich laut protestierte gegen das Bereitlegen der Straßenkleidung, als mir das erste Mal die Stimme außer Kontrolle geriet und ihr der naturgegebene hohe kindliche Ton zum Falsett wurde, verdrängt von einem heiseren Bariton, inkonsequent und chaotisch verdrängt, ehrlich gesagt rauften sich in mir zwei Stimmen, entrissen einander gegenseitig tückisch meine Stimmbänder, so daß ich (nicht ich, meine Stimmen) in einem Satz, in einer Äußerung den Ton vom hohen C zum tiefen C wechseln konnte, ja, schon in einem mehrsilbigen Wort hüpfte meine Stimme auf der Tonleiter, ich war ihr gegenüber ratlos, auch gegen sie protestierte ich, ich haßte sie, ich ging in die Vorstadt, um mir die Kehle heiß zu brüllen bis zum Verlust der Stimme, um mich mit dem Stimmbruch öffentlich nicht zu verraten, ich wollte kein Stimmbrüchiger sein, lieber war ich stumm.

Der alte K. ließ den Gedanken lange nicht zu, daß in mir die Verwandlung zum Männchen schon angefangen hatte; der alte K. war doch jung, zu jung, um einen heranwachsenden Sohn zu haben, er pflegte doch jeden Tag vor dem Spiegel seinen Schnurrbart und prüfte mit kritischem Blick, ob sich kein graues Haar vor ihm versteckte, er imponierte doch noch immer jungen Mädchen, nicht nur Frauen, er war doch der einzige WAHRE MANN in diesem Haus.

»Mein Sohn, hör mir jetzt zu. In drei Dingen im Leben

kennt sich dein Vater aus: Autos, Pferde und Frauen; vielleicht kenne ich mich nicht in allem aus, in Mathematik-Physik kann ich dir nicht mehr helfen, zu meinen Zeiten haben wir solche Aufgaben wie ihr in der Schule an der Universität behandelt; vielleicht weiß ich nicht in allem Bescheid, aber bei Frauen, Autos und Pferden weiß ich Bescheid, das steht fest. Und ich sage dir noch etwas, mein Sohn: Für einen WAHREN MANN reicht es auch aus, diese Dinge kennenzulernen, denn das sind die schönsten Dinge im Leben. Ein WAHRER MANN sollte sich ein leistungsfähiges Auto und eine rassige Frau suchen, und wenn er noch Geld und einen Stall hat, dann sollte er sich noch ein schönes Pferd dazu kaufen; denk dran, mein Sohn, die Frau muß rassig, das Pferd schön sein, nicht umgekehrt. Mögest du im Leben besser wählen als ich, das wäre mein Traum für dich; jeder Vater will, daß sein Sohn es besser hat als er selbst, siehst du: ein Pferd konnte ich mir nie leisten, die Garage müssen wir vermieten, damit wir deine Ausbildung bezahlen können, damit ein anständiger Mensch aus dir wird, und die Frau habe ich schlecht gewählt – mein Sohn, mein Sohn, schön war sie ja vielleicht, rassig schon nicht so sehr, aber was soll ich dir von deiner Mutter erzählen, was soll ich dir ...«

Der alte K. versuchte möglichst lange den Augenblick hinauszuzögern, wo er die allmählichen Veränderungen in meinem Äußeren bemerkte, er reagierte wohl erst, als ich unter die Jugendpickelbrause geriet (ich meinerseits war bereit, dem Erfinder des Wortes »Eiterpustel« in die Fresse zu hauen; es war garantiert von einem WAHREN MANN erfunden, unter dessen Obhut ein Sohn heranwuchs; ein Wort, das einen in eine aussätzige und verächtliche Unberührbarkeit drängte: hast du um den Pinkel keinen Bart, unter der Nase Flaum ganz zart, hast du deine Unschuld beinah noch, sind dir Pusteln beschieden und Schluß – o nein, ich war nur unter die Pickelbrause geraten). Also fragte der alte K., ernsthaft beunruhigt, die Mutter:

»Du, was hat er denn neuerdings für einen Schnapsbariton, hat er sich erkältet? Achtest du darauf, daß er einen Schal trägt?«

»Mann, wovon redest du überhaupt? Dein Sohn kommt in den Stimmbruch, er reift heran, ihm sprießt der Bart, und du schwebst in den Wolken wie ein ewiger Student.«

»Tatsächlich? Stimmbruch? Dieser Mickerling? Warte, wie alt ist er denn, das ist doch zu früh. Aber diese Streusel auf der Fresse ... und so unförmig ist er geworden, so gestört die Proportionen ...«

»Wen willst du hier schmähen, du Krähwinkel-Casanova, schau dich im Spiegel an, und den Sohn laß in Ruhe, Lumpenkerl! Der Bauch quillt über die Hose, Titten wie ein Fräulein, die Zähne schreien nach Ersatz, aber du spielst den Luftikus!«

»Still, du ... tollwütige Hündin, still, und kläff nicht mit deiner kreischenden Stimme! Mein Gott, ich werde noch verrückt, der mit seinem Schnapsbariton und das alte Kläffmaul ...«

»Kläffmaul? Hündin? Und was mache ich gerade? Was habe ich, zur verflixten Hure, in der Hand und sortiere ich über der Waschmaschine? Deine ausgeleierten Unterhosen, du Rüpel! Deine schweißstinkenden Unterhemden! Die Socken von deinen Saftquanten, deinem stinkenden Fuß! Und du blaffst mich an? Dann zieh ab, keine Wäsche, geh auf die Straße, reiß ein junges Ding auf, daß sie für dich wäscht und kocht, du alter Dreckskerl!!!«

»Meine Füße stinken nicht und haben nie gestunken! In diesem Haus hatte noch nie jemand stinkende Füße! Ich verbitte mir die rüpelhaften Sprüche! Ich werde geschätzt, geachtet, respektiert, überall, nur nicht in meinem eigenen Haus, in diesem Haus kläfft man mich nur an!«

Und der alte K. knallte mit der Tür und ging ein Stockwerk tiefer, in die Wohnung seiner Geschwister, und bevor er sich wie gewohnt über sein eheliches Los beklagte, schnupperte er an seinen Achselhöhlen, dann ging er ins Bad, fuhr aus den Hausschuhen und bemühte sich unter Ächzen, den Fuß an seine Nase zu bringen, er beugte das Bein, zog es mit den Händen heran und prüfte, und dann fletschte er die Zähne und hauchte gegen den Spiegel – und als er keinerlei geruchlichen Makel fand, sah er sich in der Überzeugung bestärkt, daß meine Mutter in die nächste Phase der Paranoia eingetreten war und schon die ersten Wahnvorstellungen erlebte: denn nicht nur, daß sie in ihm keine männliche Wahrheit sah, in ihm keinen WAHREN MANN sehen wollte, sie hatte auch schon die ersten olfaktorischen Halluzinationen; das Ende war nah, immer ist der Anfang vom Ende Gestank.

Der alte K. begann mich in dieser Stimmbruch-Pickelbrause-Periode im Zimmer zu besuchen, er machte, sozusagen, unangekündigte Visiten; zunächst schlich er in Sokken auf den Zehenspitzen zur Tür und lauschte, und dann riß er mit einem Griff die Tür auf, stürzte ins Zimmer und musterte mich argwöhnisch; diese unangekündigten Visiten des alten K. waren für mich jedoch leicht vorauszusehen, weil ihn eben diese Stille verriet, das Fehlen des natürlichen Knarrens des Fußbodens, ich ahnte, wenn es hinter der Tür beunruhigend still wurde, dann schlich sich der alte K. heran und würde mich, sozusagen, visitieren. Er kam auch abends, vor dem Einschlafen: wenn sein Badeprusten, Wannenfurzen, Handtuchpfeifen leiser wurden, dann wußte ich, gleich würde er vor meiner Tür stehen, würde, bevor er eindrang, sein Ohr an den Spalt oder sein Auge ans Schlüsselloch führen, ich dachte, oj, manchmal dachte ich, ob ich nicht mal wie zufällig, wie ganz unabsichtlich in diese Stille hinter der Tür, direkt durchs Schlüsselloch, etwas Scharfes stecken sollte, och, wenigstens einen gut gespitzten Bleistift, ich dachte, oj, ich dachte, ob er nur ins Auge stoßen oder tiefer, durch die Augenhöhle bis ins Gehirn des alten K. eindringen würde, dorthin, wo sein geschwollenes Moralzentrum lag, und es auslaufen, es aufs frisch gebohnerte Vorzimmerparkett rinnen lassen würde.

»Hände auf die Bettdecke!!«

Dieses Kommando unterbrach gewöhnlich meine Mordgedanken, der alte K. stand schon zu meinen Häupten und zielte mit der gerunzelten Augenbraue auf mich.

»Wie schläfst du denn? Ganz unter der Decke? Vielleicht schläfst du gar nicht? Was hast du da gemacht?«

Und er zog mir das Deckbett weg. Eine Routinekontrolle, niemals wurde sie ihm langweilig.

»Oj, nicht aufdecken, es ist kalt. Was ist, ich hab doch geschlafen.«

Ich zog die Decke hoch und kehrte ihm den Rücken zu.

»Denk dran, mein Sohn, das Schlimmste in deinem Alter ist, sich für Schweinereien zu interessieren. Davon kommen die Perversionen. Von zu frühem Interesse. Dann mag man weder lernen noch etwas Ordentliches ...«

»Weißt du was davon?«

»Schnauz nicht, Rotzbengel!«

Und er deckte mich wieder auf, als ob ich dafür, daß ich seine Belehrungen liegend hörte, aufzudecken wäre.

»Du schaust dir doch sicher mit deinen Freunden schon irgendwelchen Unrat an, gibs zu. Sicherlich spielst du da, wo du nicht solltest, was? Wie war das, ›Taschenbillard‹, he?«

Er lachte in den eigenen Bart und wurde wieder ernst, nervös, völlig hilflos; er zog mir die Bettdecke weg, als hoffte er, daß sich darunter irgendwo das Kind der menschlichen Rasse versteckte, mit dem er zurechtgekommen war, mit dem er über diese Sachen, diese Dinge, diese Bauklötze nicht sprechen mußte. Er tat mir leid, sogar dann, wenn er dieses Gutenachtgeplauder fortsetzte.

»Das ist eine Todsünde in diesem Alter. Übrigens in jedem ... Wenn ich es nur erfahre, wenn ich dich ertappe ...«

Ich tat, als ob ich schliefe, und hörte, wie er sich wand, auf der Stelle trat, wie er verzweifelt nach einer Pointe suchte.

»Du gehst zum Priester und beichtest, wenn du etwas Häßliches mit dir selbst gemacht hast. Denn zum Glück verdächtige ich dich nicht mit jemand anders. Das wäre ja was ... Und wenn allein und du beichtest es nicht – denk dran: die Hand wird dir verdorren! Als erstes wachsen dir Häute zwischen den Fingern, wie bei einem Frosch, alle werden dich auslachen, und dann verdorrt sie dir und fällt ab, und nicht nur die Hand!«

Ich hatte vor ihm nicht viel zu verbergen, also wandte er sich mit der Zeit aufmerksamer meinen Regalen und Schränkchen zu und sah mein Klassenfoto an.

»Ooo, ganz schön üppige Mädels schon, und wer ist zum Beispiel die da, am Rand ...«

Er wirkte richtig bewegt, er nahm immer jene Mädchen wahr, denen die Brüste am schnellsten wuchsen, er besah sich die Fotos von Jahr zu Jahr aufmerksamer, denn die Spitzenreiterinnen im Wettlauf der reifenden, sich rundenden, vorspringenden Brüstchen wechselten ständig, er hielt das Foto in der kaum merklich zitternden Hand, neigte es so, daß die glänzende Oberfläche das Lampenlicht nicht reflektierte, um deutlich zu sehen, und prüfte und fragte wie beiläufig:

»Und welche ist die, na, wie heißt sie, der du vorgesagt hast bei der Klassenarbeit?«

Wenn ich sie ihm zeigte, sagte er sofort:

»Oooh, schwach, schwach, so ein Mickerling wie du, ihr solltet euch nicht zusammen zeigen, sonst fallen die Hunde über euch her, nirgends würden sie so viele Knochen auf einem Haufen sehen.«

Und obwohl ich ihm erklärte, daß ich mich mit dieser oder einer anderen weder auf der Straße noch sonstwo zeige, hörte er mir nicht zu, denn sein Blick hatte gerade die allerersten der uniformierten Brüste eingefangen, und er sagte wie kurzzeitig weggetreten:

»Oh, schau mal, das ist ein Mädel, wer ist das, wie heißt sie ...«

Und dann, ob im Scherz, oder ob er sich im Lümmeltum mit mir verbrüdern wollte:

»Die Mädchen sind euch über den Kopf gewachsen, was? Tittchen, Beinchen ... sind schon da, nicht? Wie sagt ihr denn – ›ginge schon‹, was? Ginge schon?«

Wenn er merkte, daß ich keinerlei Interesse für diese Dinge zeigte, schien er betreten.

»N-na gut ... Du hast noch Zeit, aber ehrlich gesagt, ich in deinem Alter ...«

Der Mutter aber flüsterte er zu, so daß ich es mithören mußte:

»Hör mal, sagt er dir nichts, gefällt ihm nicht eine, oder ist er vielleicht andersrum, er läßt sich irgendwie zu oft mit diesen Jungs ein, man muß ihm das verbieten ...«

Der alte K. machte sich jedoch keine Sorgen, weil ich zu enthaltsam wäre für mein Alter; der alte K. wußte, ich würde in ein Alter kommen, das man hier und da das Einschlagalter nannte, die Samenkörner des Begehrens, in der Kindheit gesät, würden jetzt plötzlich in mir zur Reife gelangen, sich flächendeckend ausbreiten und mir eine Überernte bescheren, die Zahlen lügen nicht. Der alte K. wußte das und wartete, denn die Peitsche hatte ausgedient. Nun sollte die Zeit der Verkündung der erzieherischen Ergebnisse kommen, und sollten sie zu wünschen übrig lassen, konnte man den herangewachsenen Welpen der menschlichen Rasse, der ich inzwischen war, mit ganz neuen, diskret wirkenden Methoden unterdrücken.

Ich dachte: wann geschieht das, warum kriegt man es nicht zu fassen, warum wird man sich erst mit der Zeit bewußt, daß man erwachsen geworden ist? Ich kam darauf, daß die Grenze dort sein mußte, wo man plötzlich nicht mehr sehnsüchtig auf die Zukunft wartete. Die, in der man schon ein Mann mit Schnurrbart, Ehefrau und Auto wäre. Die, in der man auf Familienfeiern das Recht auf ein Gläschen hätte. Die, in der man überhaupt schon älter, imposanter wäre. Einer, der keine Mitesser, keinen Talgfluß und keine Befangenheit in den Bewegungen mehr hat. Einer, der einen weiblichen Blick schon aushält, der die Augen nicht niederschlägt, nicht mehr errötet. Einer, den man schon mit »Sie« anspricht; den man in der Klasse nicht vor jedem »Guu-teen Moor-geen« im Chor aufstehen läßt; den man in der Straßenbahn nicht mehr zurechtweist – »Rotzbengel, du könntest doch Platz machen«. Mit einem Wort: wenn man plötzlich auf die Zukunft nicht mehr wartet, weil man reif ist, es »ihnen allen zu zeigen«. Mir nichts, dir nichts sehnt man sich jetzt nach der Vergangenheit; und je ferner sie ist, desto mehr sehnt man sich nach ihr, und seien es auch die schlimmsten Erinnerungen, und sei sie auch im Jugendtagebuch als Zeit der Qualen dokumentiert. Denn man weiß schon, daß die Vergangenheit das einzige ist, was man niemals mehr erlangen, kaufen, bestechen, erflehen, noch einmal erleben kann. Denn man weiß, daß man schon in dem Alter ist, nach dem man sich in der Jugend gesehnt, aber niemandem etwas davon verraten hat. Der Schnurrbart war aus der Mode, ein Auto konnte man sich nicht leisten, und die nicht gewordene Frau war weg. Aber aber, dachte ich bei mir, das war nicht so einfach von selbst, unmerklich geschehen, irgendwo mußte doch diese Grenze verlaufen, irgendwo müßte man sie doch feststellen können, irgendwo entstand sie doch. Ich kam darauf, daß es mit der Anwesenheit zu tun hatte. Daß du dich vom Kindergarten über die Grundschul-, Lyzeums- und Studienjahre daran gewöhnt hast, daß täglich jemand deine Anwesenheit prüft. Er ruft dich von der Liste auf und verlangt nach der Bestätigung – »da«. Über all diese Jahre ist immer jemand daran interessiert, daß wir da sind. Zunächst müssen wir da sein, dann sollten wir es – unverändert steht unser Name auf Anwesenheitslisten. Bis dieses Privileg am letzten Studientag zu Ende geht: von jetzt an wird niemand mehr je unsere Anwesenheit prüfen, von jetzt an sind wir der Welt gleichgültig, wir können »da« sein oder nicht »da« sein. Den Arbeitgeber interessiert nicht unsere Anwesenheit, sondern unsere Effektivität – die beste Lösung für ihn wäre wohl die Beschäftigung effektiver Geister. Möglichst hohe Leistung bei möglichst geringer Anwesenheit – das wird von uns verlangt.

Niemand forderte je meine Anwesenheit so kategorisch wie der alte K. Wenn ich dieses Verlangen für ein Zeichen der väterlichen Liebe hätte nehmen können, wie meine Mutter mir riet, wäre ich nicht weniger gepeinigt gewesen, dafür aber wäre mein Selbstbewußtsein in die Höhe geschossen bei jedem »Wohin gehst du? Und fragst den Vater nicht nach seiner Meinung? Du bist mir nicht später zu Hause als um …«, besonders nach Stubenarresten, die nur an heiteren, sonnigen Tagen verhängt wurden, wenn das durchs Fenster dringende Wummern des Fußballs gegen die Garagen das Ohr am schlimmsten schmerzte, wenn ich das Rufen der Jungs schließlich mit einem leidenden Gesichtsausdruck und der Mitteilung von der Stube quittieren mußte, die sie übrigens in eine perverse Euphorie versetzte – sie freuten sich an der Freiheit, die durch meine Gefangenschaft sanktioniert war, das gewöhnliche Fußballspielen gewann für sie plötzlich eine neue Qualität, denn sie kannten selber den Geschmack der Stube; sie freuten sich, daß es diesmal nicht sie, sondern mich erwischt hatte, ich schenkte ihnen diesen seltenen Augenblick des Glücks und zugleich seines Bewußtseins, die Möglichkeit des genüßlichen Vertrödelns ihrer Zeit.

Der alte K. forderte meine Anwesenheit und die Anwesenheit meiner Mutter. Als er sie das erste Mal nahm, fand er, daß er hiermit auch Besitz von ihr genommen habe, eine natürliche Konsequenz dieser Einnahme war dann auch, daß er auf Fragen nach Nachkommen antwortete:

»Ich besitze ein Kind.«

Er verlangte beharrlich und beinahe seit jeher meine Anwesenheit. Kaum hatte er von der Mutter erfahren, daß sie seinetwegen weiter gegangen war als je zuvor und Folgen zu tragen hatte, die sie nun austragen mußte, verordnete er ihr, als wollte er in einem Satz sein freudiges Staunen und zugleich einen Imperativ unterbringen:

»Also wirst du mir einen Sohn gebären!«

Und er nahm sie sich zur Frau.

Und als neun Monate später die Krämpfe kamen, eine Woche vor dem Termin, zählte die Mutter, im Morgengrauen von den Wehen geweckt, die Minuten, und noch ehe sie richtig fertig war, packte sie der nächste Krampf, noch dreister als der vorherige. Und obwohl sie den alten K. wirklich nicht wecken wollte, noch im Dunkeln, noch in der Nacht, obwohl sie sich vornahm, bis zum Morgen auszuharren, waren die Wehen stärker als ihr Wille. Sie stöhnte also, aber der alte K. schlief gemütlich an die Wand gekuschelt, und als sie sich aufsetzte (die Wehen wurden noch stärker), schon ganz laut stöhnend, berührte sie den Rücken des Mannes, mit dem sie schon die ersten Ehemonate verbracht hatte, den Rücken, mit dem sie für den Rest ihres Lebens schlafen sollte, berührte sie den mit einem verschwitzten weißen Unterhemd bekleideten Rücken des alten K. und schüttelte ihn sanft. Im Schlaf entfuhr ihm ein Gemurmel:

»Wasssdennn ssschtill ...«

Die Mutter, die spürte, daß ich eher geboren werden würde, als ihr Mann imstande war aufzuwachen, stand auf und nahm Kurs auf die Garderobe, zur Selbständigkeit bis ans Ende (des Bewußtseins) entschlossen, ich aber wand mich schon erbarmungslos und rief eine Kettenreaktion hervor. Es gab kein Zurück mehr, es wurde dramatisch eng, und ich mußte um jeden Preis sofort hinaus, trotz der Wehen, trotz der Krämpfe mußte dieses Köpfchen irgendwie durch. Die Mutter sank also nach dem zweiten Schritt zu Boden, und vom Fußboden preßte sie durch den Schmerz ihres Leibes hindurch:

»Ich gebäre!«

Der alte K., mühsam nach dem ihm entgleitenden Traumende suchend, murmelte:

»Ja, ja, versuch zu schlafen.«

Und erst da fühlte sich meine Mutter berechtigt genug und erhob die Stimme gegen den alten K., sie brüllte so durchdringend, daß es mich vorläufig betäubte und ich in die Umarmung der Gebärmutter zurückwich, obwohl der Instinkt mir sagte, es würde schwierig sein, diese wertvollen Zentimeter wiederzugewinnen; sie brüllte so auf, daß sie schon in fünf Minuten auf dem Weg ins Krankenhaus waren. Och, selbstverständlich zu Fuß, der alte K. war der Meinung, das Krankenhaus liege zu nah, als daß es sich lohnte, ein Taxi zu rufen; er unterstützte die Mutter im Gehen und sagte, das Laufen würde ihr helfen, sie hatte schon keine Kraft mehr zu protestieren, sie biß sich auf die Lippen bis aufs Blut und lief, alle hundert Meter setzte sie sich hin und hörte von ihm:

»Oj, mach doch kein Theater, wir sind fast da. Wer würde um diese Uhrzeit fahren?«

Sie mußten zu Fuß ans Ziel kommen, und sie kamen ans Ziel. Ich hing ihr eigentlich schon zwischen den Beinen, man konnte mir schon über die Fontanellen streicheln; der alte K. war kaum zurück zu Hause, da schnitten sie uns schon die Nabelschur durch. Ich spürte, daß meine eigene Mutter mich ausgesetzt hatte, und es war für mich keinerlei Trost, daß sie mich in die Welt gesetzt hatte. In eine Welt, in der die erste Person, unendlich gereizt durch meine Abwesenheit, der alte K. war.

Danach

Dieses Haus war gealtert. Häßlich, häßlicher als die Menschen. Häuser altern tückisch, das Alter nistet sich verstohlen ein, und dann annektiert es unmerklich die weiteren Räume, das Alter der Häuser entgleitet der Kontrolle, wird den Hausbewohnern unsichtbar, jeder Gast aber spürt es schon auf der Schwelle, schon im Flur, am Modergestank. In diesem Haus hatte sich das Alter sein elendes Lager in den abgetretenen Pantoffeln bereitet, die den Besuchern zum Tausch gegen ihre matschigen Straßenschuhe angeboten wurden, im Naphtalingeruch, der aus dem Schlafzimmer drang, aus den Schränken sickerte, im Bad, wo seit langem unbenutzte abgeriebene Bimssteine schimmelten, wo die Nagelbürsten Schmutz ansetzten, schlecht geputzte Waschbecken braun wurden, wo feuchte Handtücher Modergeruch ausdünsteten, wo sich in schlecht geschlossenen Hausapotheken längst verfallene Kollektionen von Arzneimitteln mit den neu dazugekommenen drängelten, wo auf den Schränkchen Plastikkämme und von Haaren und Schuppen strotzende Haarbürsten lagerten, wo sogar das Wasser beim Einlaufen in die Wanne rostete, wo die Badewanne mit Schmierseife, gerupften Schwämmen, leeren Kräutershampoofläschchen dekoriert war, aber über der Wanne, och, über der Wanne erinnerte sich ein Kettchen an der Wand, ein Glockenkettchen, an seine Glanzzeiten, die Glocke hatte seit einem halben Jahrhundert nicht mehr geklingelt, das Kettchen war längst ohne Griff, aber es zeugte davon, daß damals, ach damals ... damals in diesem Haus direkt aus der Badewanne per Kettchenzug das Personal gerufen wurde, zum Beispiel zum Reichen des Morgenmantels; in diesem Haus drängten sich an jedem Haken Kollektionen von Morgenmänteln (in alten Häusern gibt es immer viel zu viele Morgenmäntel, der Morgenmantel ist das universelle Geburtstagsgeschenk, der Morgenmantel ist passend für jeden Anlaß, der Morgenmantel ist vorzüglich für den Fall, daß wir vergessen hätten, was wir das letzte Mal geschenkt haben, Morgenmäntel hat man ja nie genug, der Morgenmantel ist ausgezeichnet für den Fall, daß wir den Grad unserer Vertrautheit mit dem Geburtstagskind vergessen hätten, aber noch wußten, daß es sie gegeben hat, der Morgenmantel ist schließlich ideal für den Fall, daß wir uns einfach nicht erinnern können, wie viele Lenze die Jubilarin zählt, daß wir uns einfach nicht vorstellen können, wie sehr sie gealtert ist, der Morgenmantel paßt ja in jedem Alter); hier nistete sich das Alter in der Küche ein, in schmierigen Teelöffeln, in fingerabdruckverzierten Gläsern, klebrigen Küchenschränken mit Schichten von alten Krümeln in den Ecken; in der Speisekammer, im vertrockneten Festtagskuchen; im Eßzimmer, in den bröselnden Trockenblumensträußchen voller Staub und Spinnweben, auf dem Abstellplatz aus der Mode gekommener Lampenschirme (zweiter Platz auf der Liste der ewig passenden Geschenke); und in alle Richtungen führten verfilzte Läuferchen, Vorlegerchen ... Alles in d i e s e m Haus versuchte, der Prüfung der Zeit durch Verkleinerungen standzuhalten. Im Vorzimmer hing neben dem Spazierstöckchen ein Schlüsselbändchen, und unter der Garderobe standen nicht Hausschuhe, nicht Pantoffeln, sondern Schläppchen (»Wo sind meine Schläppchen? Hast du meine Schläppchen gesehen?«), die der alte K. nach dem Ausziehen der Schuhe gewöhnlich anlegte, bevor er sich in sein Lieblingszimmerchen zum Nachmittagsschläfchen begab, bis ihm eines Tages das Sensamänncha die Türchen verriegelt ...

Sie hatten kein Konzept für das Alter, so wie sie früher kein Konzept für das Leben hatten. Sie waren älter geworden, als sie das in ihrer Kindheit gemutmaßt hatten, und wußten nicht, was sie mit diesen Überstunden anfangen sollten. Alles war schon zu Ende, der Vorhang war gefallen, das Knarren der Stühle längst vorbei, und sie hatten ihre Rollen gespielt und standen auf der leeren Bühne, ohne Text, ohne Regisseur und ohne Zuschauer. Sie unterschieden schon die Tage nicht mehr, von Feiertagen erfuhren sie aus ihren Fernsehern und Radios, dann kauften sie teurere Wurstwaren, Kuchen, Weinflaschen als sonst und nahmen schweigend am Tisch Platz, bekreuzigten sich mechanisch vor dem Essen, hielten es miteinander ein paar Dutzend Minuten am Tisch aus, und dann verkrochen sie sich in ihre Winkel, jeder vor sein Bildschirmchen, kehrten sie zurück in ihre Höhlen und starrten auf die Schatten an den Wänden. Aus Ritualen wurden Gewohnheiten. Der Bruder des alten K. schlief mit einer Flasche billigem Bier jede Nacht während der Erotikprogramme vor dem eingeschalteten Fernseher ein und träumte von glücklichen Ausgängen seiner Liebesdebakel. Die Schwester des alten K. betete ihre Abendlitaneien, schaltete das Einzige Radio Der Wahren Polen aus und hörte durch die Wände das Schmatzen von rosa Fleisch, sie betrat also das Zimmer des Bruders und schaltete, sich die Ohren zuhaltend und mit abgewendetem Blick, den Fernseher aus, und wenn sie den seligen Gesichtsausdruck des schlafenden Brüderchens sah, stieß sie ihn in die Seite, um seinen sündigen Schlaf zu stören, nahm ihm die Flasche aus der Hand und legte an ihrer Statt den Rosenkranz hinein. Der Bruder des alten K. hatte einen festen Schlaf, nicht leicht umzuschalten, darum verursachte ihm dieses Wecken am Morgen mit Rosenkranz regelmäßig einen kleinen, aber lästigen Gewissensbiß.

Die Mutter gab sich restlos lateinamerikanischen Telebandwürmern hin, sie hatten sich unwiderruflich in ihr eingenistet und vermehrten sich, sie schrumpfte davon und magerte ab, aber wußte sich keinen Rat, die lateinamerikanischen Bandwürmer waren das einzige kostenlose, das zugänglichste Futter für ihren Organismus, allein davon ernährte sie sich, den ganzen Tag lang, roh, und sagte immer wieder:

»Nur dank ihnen weiß ich, was das richtige Leben ist; das ist mein letztes Vergnügen, das laß ich mir nicht nehmen. Ich habe mich genug mit euch allen herumgezankt, auf meine alten Tage laßt mir meine heilige Ruhe«, sagte sie und stopfte die Bandwürmer in sich hinein, manchmal zwei auf einmal, sie verschlang und verschluckte sie, ohne zu ahnen, daß sie sich, zerkaut und zerstückelt, in ihrem Innern regenerieren und sie von innen verzehren würden, wobei ihnen der größte Leckerbissen das Gehirn war, und im Kampf um den größten Leckerbissen fraßen sie einander im Innern der Mutter auf; sie lebte wohl nur noch, weil die Bandwürmer einen mörderischen Krieg um den Zugang zu ihrem Gehirn führten, so verbissen, daß sich jeder, kaum für einen Moment der Wonne des Schmarotzens in ihrem Schädel teilhaftig, sofort von einem Rivalen ausstechen ließ.

Währenddessen lebte der alte K. in der Gewißheit, daß ihm das Beste im Leben erst noch widerfahren würde. Eine Gewißheit, die er gewann, als er die Bilanz seines Lebens zog und begriff, daß ihm bisher nur Unglück zugestoßen war; er ging im Haus auf und ab und sagte:

»Was hilfts, nicht allen begegnet das Glück in jungen Jahren, manche werden erst im Alter richtig geschätzt, offenbar ist das auch mein Los, obwohl ehrlich gesagt, wenn es um das Alter geht, Vorsicht geboten ist, ›Denn ihr wisset weder

Tag noch Stunde‹, sagt unser Herr, und warum sollten wir das Alter nach der Zahl der erlebten Tage messen, es zählt doch nicht, wie lange jemand schon lebt, sondern wie lange er noch leben wird, und irgendwie scheint mir, daß ich in dieser Hinsicht viel jünger bin nicht nur als ihr alle, sondern auch als viele Rotzbengel, zum Beispiel als mein blöder Sohn, der es bei seiner Lebensweise nicht mehr lange machen wird, das ist mehr als gewiß, als er noch bei uns wohnte, konnte man ihn recht und schlecht beeinflussen, aber jetzt ist er auf den Hund gekommen und wird in der Gosse landen, was hilfts, der Vater hat sein Kind nicht behüten können, das ist ein Desaster, was hilfts, aber wie ich schon sagte, mir ist alles Unglück widerfahren, jetzt muß noch ein glücklicher Zufall kommen, jetzt muß etwas Gutes geschehen, ich spüre das …«

Und so philosophierend, so sein Vorgefühl zur Schau tragend, gab er sich mit Leidenschaft dem Lottospielen hin, mit erstaunlicher Beständigkeit nicht mal den geringsten Gewinn machend, er schrieb streitsüchtige Elaborate an Firmen, die für den Kauf eines funktionsuntüchtigen Weckers ein neues Auto versprachen oder auch für die Bestellung einer Enzyklopädie zum doppelten Buchhandelspreis plus Versandkosten von den Seychellen einen hohen Geldgewinn garantierten, er forderte all diese Gewinne ein, verschickte mehrere Briefe pro Tag und sagte:

»Was sind denn das für räuberische Zeiten, da wird dreist am hellichten Tag betrogen, och, wenn ich mir einen Anwalt leisten könnte, och, wenn ich an der Regierung wäre, ich würde diese Seuche vertilgen, mit Stumpf und Stiel ausrotten, sie haben es doch in den Gefängnissen viel zu gut, sie werden aus unseren Steuergeldern unterhalten und haben es dort besser als im Hotel, man müßte die Todesstrafe wieder einführen und nicht viel Federlesens machen, es gibt sowieso zu viele Menschen, sie bumsen wie die Karnickel, vor allem diese Banditenfressen aus unserem Viertel, aus denen wird auch nichts Gutes werden, ich würde ein Sterilisierungsprogramm ausarbeiten und es obligatorisch bei allen Dreckskerlen mit mangelhaftem IQ einsetzen, denn selbst wenn man ihnen eine Schaufel in die Hand drückt, schlagen sie sie dem anderen auf den Kopf und bringen ihn um, anstatt zu graben, oj, ich würde schon für Ordnung sorgen, als erstes würde ich in dieser Stadt ...«

Er trat sogar bei der Wahl zum Stadtrat an, in einer der Parteien fand er einen alten Studienkollegen, und er durfte, »in Anerkennung seiner unerschütterlichen Standhaftigkeit und Kompromißlosigkeit«, auf dem letzten Listenplatz kandidieren, natürlich unter der Bedingung, zu »Werbezwekken« eine entsprechende Summe einzuzahlen, der alte K. nahm also zwei eigene Monatsrenten und die von Bruder und Schwester (die Mutter verweigerte ihre Unterstützung: »Auf deine alten Tage hast du einen Schlag weg, Kerle, ich laß mich von dir nicht ins Grab bringen, ich habe vierhundertfünfzig Zloty im Monat und koch dir davon das Mittagessen, das werd ich nicht zum Fenster hinauswerfen! So alt, so dumm, du glaubst, die warten dort nur auf dich, sie polstern dir den Sessel, sie bereiten dir schon den Schreibtisch, daß du die Füße darauf legen kannst, du Narr, du Gimpel!«) und zahlte sie ein auf das Konto der Partei, und er kandidierte, und einen Monat lang verteilte er Drohungen an die Feinde, Versprechen an die Freunde, teilte das Fell, ehe der Bär erlegt war, und als er dann mit Mann und Maus unterging, verfiel er in eine abgrundtiefe Depression. Er schloß sich in sein Zimmerchen ein und verließ es nicht, ehe er eine Erklärung für die Wahlschlappe gefunden hatte, er saß also lange, verweigerte die Nahrung, nur seine Schwester durfte Mineralwasser bringen, er trat in den Hungerstreik aus Protest gegen die falschen und undankbaren Menschen, die ihn in der Stunde der Wahrheit verraten hatten, er streikte und monologisierte durch die Tür. Zuerst kam die biblisch-märtyrerhafte Periode:

»Ach Gott, mein Gott, warum hast du mir diese Prüfung gesandt, warum hast du mich zum Hiob erwählt, warum muß ich allseits Not und Unrecht leiden, O Herr, was habe ich dir getan, welche Schuld auf mich geladen, mein Leben lang verwundet die Gemeinheit der Menschen mein Herz, warum stellst du meine Geduld auf die Probe, warum treibst du Schindluder mit mir?!«

Nach ein paar Tagen, schon etwas ausgehungert, wurde er gereizter:

»Eine blöde Frau, ein blöder Sohn, blöde Geschwister, eine blöde Familie, blöde Nachbarn, blöde Menschen, ein blödes Leben, Blödigkeit, nichts als Blödigkeit!«

Und als die Mutter alle übrigen Hausbewohner davon überzeugt hatte, es sei höchste Zeit, einen Psychiater zu rufen, war der alte K. so ausgehungert, daß er beschloß, sich einen Rest seiner alten Façon zu bewahren und seine Zelle zu verlassen; er folgerte also:

»Was solls, es zeigt sich nicht das erste Mal, daß die menschliche Dummheit unüberwindlich ist; ich habe ihnen eine Chance gegeben, die sie nicht genutzt haben; wenn nicht, dann nicht, dieses Land ist schäbig, diese Stadt ist schäbig, Land und Stadt haben Menschen wie mich nicht verdient, und es hat sogar seine Richtigkeit, als Sieger hätte ich früher oder später verstanden, daß ich, wenn ich sie regiert hätte, nur Schweinehirte gewesen wäre, ha ha, das ist schön gesagt, sehr gut, eben, Schweinehirte werde ich nicht sein, in dieser Familie ist nie jemand so tief gefallen, daß er Schweine gehütet hätte, wie dumm ich war, daß ich nicht früher darauf gekommen bin; mit einem Wort: das war eine siegreiche Schlappe; mit einem Wort: die Letzten werden die Ersten sein; mit einem Wort: gebt mir was zu fressen, ich bin ausgehungert die letzen Tage!«

Und alles kehrte zur Normalität zurück, zu den Pantoffeln, Kreuzworträtseln, Fernsehquizzen, Wehwehchen am Morgen, das Alter hatte sie bestäubt, selbst ihre Träume mit Staub bedeckt.

Wenn ich anrief, klagte die Mutter, daß es ihr besser ging, als ihre Träume noch nicht alt geworden waren, sie sagte:

»Einmal habe ich geträumt, daß ich Flügel habe, wie ein Vogel, daß ich am Himmel fliege und diese Flügel mich tragen, von allein, ohne Schlagen, und ich dachte mir immer, daß es nach dem Tod so sein muß, wenn ich in den Himmel komme; und jetzt ... jetzt träume ich auch, daß ich Flügel habe, aber eher wie eine Motte, ich spüre deutlich, daß es Insektenflügel sind, staubbedeckt, überall dieser Staub, im Bett, unterm Bett, unter der Haut ...«

Sie klagte noch über Angst vor der Hölle, sie fürchtete, daß man aus diesem Haus gleichsam obligatorisch in die Hölle käme, daß in diesem Haus selbst ein Heiliger seinen Heiligenschein vertrinken, selbst ein Heiliger vor die Hunde gehen und bellen würde wie sie, also fürchtete die Mutter, daß auch sie nach dem Tod in die Hölle käme; sie klagte auch über Selbstmordgedanken. Hätte mir Schrecklicheres widerfahren können, dachte ich, kann einem Menschen Schrecklicheres widerfahren, als daß die eigene Mutter von Selbstmord spricht? Sie sagte, daß sie von Selbstmorden auch träume, sie erhänge sich oft am Staubsaugerrohr oder schneide sich die Adern mit dem Küchenmesser auf oder stecke den Kopf in die Waschmaschine und schalte Kochen und Schleudern ein, sie klagte, sogar Selbstmord begehe sie in diesen Träumen mit zwei linken Händen. Sie fürchtete, sie könnte aus der Hölle zu Lebzeiten in eine noch schlimmere, da ewige Hölle nach dem Tod geraten.

Einmal, noch als Kind, fragte ich sie, wie es in der Hölle ist. Die Mutter antwortete mir damals erstaunlich bestimmt, als wäre sie schon dort gewesen, als wäre das nicht ihre Vorstellung, sondern die eigene Erfahrung:

»Zur Begrüßung, mein Sohn, werden dir in der Hölle all deine ungenutzten Chancen gezeigt, wird dir gezeigt, wie dein Leben ausgesehen hätte, wenn du im richtigen Moment den richtigen Ausweg gewählt hättest. Und dann werden dir alle Augenblicke des Glücks gezeigt, die du verschlafen hast, weiß du, mein Söhnchen, daß wir die Hälfte unseres Lebens im Schlaf zubringen? Und all solchen Schlafmützen wie dir wird in der Hölle gezeigt, was sie im Leben hätten erreichen können, wenn sie zur rechten Zeit aufgewacht wären.«

»Und dann? Mami, was passiert dann, wenn das alles gezeigt ist?«

»Dann, mein Söhnchen, lassen sie dich mit deinen Schuldgefühlen allein. Für die ganze Ewigkeit. Es gibt nichts und niemanden mehr. Nur dich und deine Schuldgefühle …«

Lange Zeit bin ich früh schlafen gegangen. Die Schwester des alten K. hatte mir immer wieder gesagt, daß nur der Schlaf vor Mitternacht den Organismus wirklich regeneriere, und die Mutter hatte mich überzeugt, daß nur das vor Mitternacht Geträumte prophetische Kraft habe. Ich schlief also, versank im Traum, meinem einzigen, meinem Lieblingstraum ....

--Eines Tages rief mich die Mutter an und klagte so jämmerlich, daß es vor Trauer die Drähte verwirrte und sich immer wieder eine Stimme aus einem fremden Gespräch einschaltete. Wir sind von Jauche überflutet, einfach so, mehr vermochte sie nicht zu sagen. Und das reichte: schon war ich bei ihnen, schon stand ich davor. Ein Jahrhundertsturzregen war niedergegangen, die alten Rohre hatten ihm nicht standgehalten, und die Jauchegrube war übergelaufen; in den Kellerräumen stand die Scheißebrühe einen halben Meter hoch. Sie verkrochen sich in ihre Löcher und lauschten auf den Regen, irritiert, daß er die Stimmen ihrer Lieblingshelden aus den Fernsehserien übertönte, ständig mußten sie die Lautstärke erhöhen, aber die Fernbedienungen waren ausgeleiert, die gequälten Knöpfchen wollten nicht reagieren.

»In diesem Haus ist es ja niemandem jemals eingefallen, irgendwas zu reparieren«, sagte die Mutter zum alten K. An diesem Tag mußten sie also ihre Ärsche heben und jedesmal zum Fernseher gehen, und sie fluchten:

»Diese verdammte Fernbedienung! Wie oft hab ich gesagt, daß sie in die Werkstatt muß!«

»Wie oft hast du das gesagt, du hättest sie selber hinbringen können!«

»Dieses verdammte Haus! Hier hat niemand jemals irgendwas rechtzeitig repariert!«

»Schau dir das an: dieser verdammte Regen, es schüttet und schüttet und schüttet!«

»Soll doch der Blitz reinfahren und alles für immer verbrennen!«

Aber an diesem Tag kam statt dem Blitz die Jauche: sie rochen sie plötzlich im ganzen Haus, bis zum Dachboden, sie rochen sie plötzlich und waren beunruhigt, und sie riefen und fragten, was so faulig stank, gleichsam plötzlich voller Angst, daß da vielleicht ihre Gewissen verfaulten. Sie liefen auf den Flur und stellten mit Erleichterung fest, daß es von unten kam, vom Parterre, von den Nachbarn, also waren es nicht ihre Gewissen, sondern die der Nachbarn (nach dem Tod seiner Mutter hatte der Spodniak-Sprößling die Abfindung von der in den Ruin gegangenen Zeche genommen, seine Konkubine zu sich geholt und gemeinsam mit ihr die väterliche Schule des introvertierten Alkoholismus fortgeführt). Sie waren beruhigt und sogar erfreut, sie dachten, wenn die Gewissen der Nachbarn verfaulen, dann müßten die sicherlich ausziehen, würden sie sicherlich wegziehen, aber gleich empörten sie sich wieder.

»Gut, soll ihnen da verfaulen, was will, aber warum stinkt es bei uns oben, man muß doch etwas dagegen tun.«

Und als sie vollzählig herausgekrochen waren: die Mutter, der alte K., seine Schwester und sein Bruder plus der Kurzhaardackel, durch den Auflauf angezogen und betäubt vom Gestank, ermunterten sie einander:

»Na geh schon und sag ihnen was.«

»Wieso ich?«

»Kerle, jetzt geh doch und mach was!«

So spornten sie einander an und machten sich Mut, sie

stiegen sogar bis zur halben Treppe runter, um sich beim Anblick der Nachbarstür ein Herz zu fassen und entsprechend gleich anzuklopfen, und sie hätten beinahe schon geklopft, wenn nicht der Nachbar selbst die Tür aufgemacht, den Kopf hinausgestreckt und geschnuppert und dann, mit ekelverzerrtem Gesicht, seine Konkubine gerufen hätte:

»Iluuuna! Komm amol, was stinkt donn hia so?! Riechst du?«

Die Konkubine Ilona kam auf dieses Rufen raus, sie blähte die Nüstern und bestätigte: »Jo, do stinkt wos, jo.«

Da gewahrte der vereinte Konkubinenblick, daß auf halber Treppe die Familie stand und sie feindselig ansah, und sie schauten sich nachbarschaftlich in die Augen und begriffen plötzlich, daß sie die Waffen ruhen lassen mußten, denn das war ein fremder Gestank, nicht der häusliche, denn diese nicht lokalisierte Quelle des Gestanks sprudelte immer intensiver; sie stiegen also alle noch tiefer, in den Keller, im Gänsemarsch die Treppe hinunter, tastend, die Frauen hinten, die Männer voraus, der Nachbar aus dem Parterre als erster, er hatte es am nächsten, und der Hund, schwanzwedelnd, ziehend und zurückgehalten (»Nehmt doch diesen Hund hier weg!«). Unten angekommen, öffneten sie die Tür einen Spalt breit, und die Scheißebrühe schlug dem Nachbarn entgegen, denn er stand am tiefsten; der Gestank haute sie mit doppelter Stärke um. Die Frauen stöhnten matt:

»Jessusmaria, die Jauchegrube ist übergelaufen ...«

Die Männer fluchten düster:

»Verfickt, die Jauchegrube ...«

Der Nachbar, der, von der Scheißewelle zu Boden geworfen, bis zur Taille in der Scheißebrühe saß, schrie verzweifelt:

»Iluunaa, zick mia hia raus!«

Und dann, als alle schon wieder auf der halben Treppe standen, in sicherer Entfernung von der steigenden Scheißebrühe, teilten sie gerecht ihre Eindrücke miteinander.

»Ich habs ja gesagt, das ist eine Ruine, diese Rohre, man hätte schon längst …«

»Ich wußte, daß es so kommt, fragt sich, wer das war …«

»Wenn dus gesagt hast, hättest du längst schon selbst …«

»Und es schüttet und schüttet und schüttet da draußen …«

»Iluna, ich muß dos ausziehn!«

»So kommst mir oba nit ina Wohnung, zick dia im Korrido aus!«

Aber Wasser und Jauche kamen erst in Schwung, und während alle überlegten, was tun, Jessusmaria, was tun, stieg der Spiegel der Scheißebrühe im Keller pro Stunde zehn Zentimeter, jedenfalls sichtbar genug.

Und bevor sie darauf kamen, hinauszutragen, was sie konnten, das schwimmende, im Kellergeschoß lagernde Hab und Gut zu retten, von Kartoffeln und Kohlen bis zu den Bildern im Atelier des alten K., bevor sie Eimer zusammensuchten und eine Kette nachbarschaftlicher Selbsthilfe bildeten, um bis zur Erschöpfung die Scheißebrühe zu schöpfen, die ganze Nacht lang, bevor sie also handelten, mußten sie das Wichtigste prüfen: Waren sie vielleicht stärker geschädigt als der Rest der Welt, und wenn ja, in welchem Grad? Der Bruder des alten K. schlug vor:

»Laßt uns prüfen, ob die anderen auch überflutet sind.«

Um sich damit zu trösten, daß dies ein beiderseitiges Ungemach, daß dies ein geteilter Ekel war, daß in den Nachbarhäusern gleich ein ähnliches Ringen losgehen würde oder schon losgegangen war. Aber niemand anderem war etwas widerfahren; den Augen beider das Haus gemeinsam bewohnenden Familien zeigte sich draußen auf der Straße ein Wunder.

Der Sturzregen mit niederfahrenden, den Himmel zerkratzenden Blitzen war allein auf ihr Haus niedergedonnert, allein über ihrem Haus hatten die Engelchen boshaft Fässer umgestürzt, allein über diesem Haus, dem ältesten in der Umgebung, von Vätern und Vorvätern erbaut und ererbt, hatte das Wasser sich so überschäumend ausgebost. Sie taten ein paar Schritt Richtung Lumpenblock (wie der alte K. ihn nannte) und durchstießen die Regenwand, standen durchnäßt unter einem trockenen und freundlichen Himmel und schauten mal auf ihr Haus, mal auf den Rest der Welt, sie konnten es nicht glauben, sie schüttelten den Kopf, sie rauften sich die Haare. Die Schwester des alten K. fiel auf die Knie mit der Strafe Gottes auf den Lippen und einem hastig geflüsterten Gebet, gleichsam ahnend, daß das, wenn noch nicht das endgültige Weltende, dann zumindest dessen Vorbote war, und sie betete, betete, beichtete selbst-innig, legte eine Drehzahl zu, spulte das Sündenband um, nur um schneller zu sein als der erste Blitz. Der Bruder des alten K. lief hin und her, in den Regen hinein und aus dem Regen heraus, schaute sich forschend um und murmelte wie ein Veteran der Hydraulik, der sich gar nicht genug wundern konnte über eine unbekannte Havarie, als suchte er nach der Stelle, wo die Dichtung geplatzt war. Der alte K., der witterte, daß die Sache dem diesseitigen Verstand definitiv entglitt, suchte nach den Vorteilen.

»Das ist ja wohl der Weltuntergang … Aber das würde bedeuten … wenn es über uns schüttet, dann muß es unter den anderen Häusern brennen; gleich muß das Höllenfeuer nach diesem Pöbel greifen, und wir werden begossen, zum Löschen!«

Die Mutter schaute währenddessen in die fremden Fenster, in denen überall Gaffer die Szene verfolgten: Rentnerinnen auf speziell gefertigten Fensterbrustkissen, vom Fußballspiel losgerissene, angegraute junge Männer, stillende Frauen der unteren Schichten, und auch die Unterschichtmänner selbst in Hosenträgern auf nackten Oberkörpern, alle dicht gedrängt, herabschauend wie in eine Arena, wie auf die Christen in Erwartung des Todes, nur daß noch nicht bekannt gegeben war, wer sie zerreißt. Sie schauten mit unverhohlener Befriedigung, zeigten mit dem Finger immer wieder auf den eigenen Himmel und deren Himmel und schleuderten wenig erlesenen Hohn und Spott:

»Solln wa euch Schürma leihn?«

Der alte K., der das Feuer nicht mehr erwarten konnte, kommandierte:

»Zurück nach Hause, gleich wird es hier heiß, daß wir uns nicht verbrennen. Wir werden vom Fenster aus zuschauen, wie diese Idioten braten. Wer zuletzt lacht, lacht am längsten, ihr Idioten alle!«

Diesen letzten Satz warf er schon ganz kühn zu den Balkonen hinauf, weil er gerade im Regen verschwand, und hinter ihm sein Bruder, der spähte und überlegte, wie man wohl die Grenze des Sturzregens verschieben könnte, und hinter ihm die Schwester, auf den Knien in seinen verwaschenen Spuren rutschend, die letzten dreißig Jahre der Scheinheiligkeit noch abbetend und um Erbarmen flehend.

Und nur die Mutter stand noch immer auf der trockenen Seite und schaute, wie sie im Regen verschwanden, sie rief und wartete, daß der Hund sich wieder einfand, der nach einem Stock ins Gebüsch gerannt war; und als er angelaufen kam, als sie ihn auf den Arm nahm (denn er war regenscheu), als sie die ersten Schritte in Richtung Haus tat, bebte es plötzlich.

Es krachte. Brach herein. Sog in sich ein. Zog in die Versenkung.

Vor ihren Augen fiel das Haus in Null Komma nichts zu Schutt zusammen, stürzte in ein unterspültes Loch, die verfaulten Fundamente *dieses* Hauses gaben nach und das Ganze zerbröselte plötzlich, versank in Schlamm, Wasser und Jauche, in mehreren klatschenden Schüben, die die Mutter zu Boden und den Hund aus ihren Armen rissen, alle umliegenden Häuser bis zum Dach bespritzten, alle Balkongaffer besudelten und alle Vögel mit abscheulicher Schmiere bekleisterten. Sie war vollbracht, die grausame Vernichtung, die Wolke war restlos vergossen und eröffnete der Sonne den Blick auf die Katastrophe.

Die Mutter, benommen noch das Wasser aus den Ohren schüttelnd, die Lage noch nicht richtig blickend, hockte an die Hecke gelehnt.

»Mein Gott, der neue Teppichboden, und wie oft habe ich diese Fenster geputzt …« – und erst hier, vor der letzten Silbe, hielt sie inne, wurde ihr klar, daß niemand da war, zu dem sie hätte sprechen können, denn wenn auch der Hund, sich immer wieder schüttelnd, schon seinen Dackeltrab lief und die Ruine abschnüffelte, drang aus den Mauerresten, die aus dem großen Krater ragten, in den das Haus gestürzt war, kein Hilferufen, nur die Stille einer riesigen stinkenden Pfütze; eine Toten- und Grabesstille, nur die Hundepfoten patschten im Schlamm, unsicher, arhythmisch. Erst jetzt drangen von den Balkonen die Jessusmarias und andere Äußerungen der Empathie, dann kamen sie schon zu ihr heruntergelaufen, hoben sie hoch, trockneten sie ab, stützten sie, aber die Mutter machte sich los, wollte prüfen, suchen, etwas ausgraben aus diesem Brei, in der Erwartung, daß sie unter den Trümmerstücken auch nur ein Stück eines bekannten Körpers finden würde, daß sich vielleicht aus einigen Stücken schon etwas zusammenfügen, wiederherstellen, zusammenkleben lassen würde. Sie wühlte in der Erde, grub mit den Händen, sogar als alle Feuerwehr und Rettungswagen da waren, als man ihr eine Schaufel anbot, grub sie lieber ohne, riß sie sich die Haut von den bloßen Händen, legte Schicht um Schicht frei; der Hund beschnüffelte die eingesunkenen Stellen, manchmal kläffte er auf, aber bellte eher die anderen Hunde an, die von all den Diensten mitgebrachten, und plötzlich liefen alle Nachbarn aus dem Lumpenblock und den umliegenden Wohnblocks zum Grabenhelfen zusammen, selbst aus den entfernten Straßen, selbst von der Friedhofstraße, als Totengräber hatten sie schließlich ihre Erfahrung. Aber jede Träne brachte die Erkenntnis näher, denn das erste »Hier!« bei der Hand führte zum Rest von Ilona, der Frau des Nachbarn aus dem Parterre, und in Richtung ihres Blickes, des auf alle Ewigkeit fixierten, fand man auch die Leiche ihres Mannes, halbnackt, denn er hatte es nicht mehr geschafft, sich trockene Kleider anzuziehen, und beim weiteren Graben fand man unter den Resten des Hausrats, unter den Bruchstücken des unwiderruflich dekonstruierten Ganzen, weitere Körper, den der Tante, für immer versunken (im Gebet), den des Onkels, mit einem Schraubenzieher in der Faust als einzigen Rettungsanker … und dann zogen sie die Mutter schon weg, trotz Ausreißversuchen und Hysterie.

»Schon gut, schon genug, nicht mehr hinschauen …«

Denn der alte K. war gefunden, fest eingehüllt in ein Deckbett aus Fußboden und Decke, die im Angesicht der Katastrophe plötzlich beschlossen, sich einander anzunähern, und obwohl er das Pech hatte, ihnen im Weg zu stehen, hatte er noch seinen Kopf aus dem Fenster strecken können (kurz bevor auch dieses selbst seine Form verlor), wohl um sich anzusehen, wie »die Idioten braten«; zwischen Hand und Herz, Decke und Fußboden, blieb vom alten K. nur der Kopf, nur der Ausdruck seines Gesichts, mit dem er sich von der Welt verabschiedete. Ein Ausdruck des Staunens, daß die Erlösung so sehr weh tat; die Aufzeichnung dieser Sekundenbruchteile, in denen er begriff, die Hölle, das sind nicht die anderen, es stimmte: das war das Gericht, das Jüngste Gericht, hier und jetzt – und zwar über ihn persönlich; der Sekundenbruchteile, in denen er nicht mehr an die nächsten Zerstörungen dachte, Verlustlisten führte, in denen er begriff, daß er nichts mehr wiedergutmachen konnte, daß dies d a s E n d e war; in denen er noch zögern konnte, ob es Gott auch gab, ob es Ihn auch für ihn gab. Er hatte einen leicht erstaunten geöffneten Mund, jetzt mit Lehm gefüllt, nicht auszuspucken –––– …….

Lange Zeit bin ich früh schlafen gegangen.

Die Schwester des alten K. hatte mir immer wieder gesagt, daß nur der Schlaf vor Mitternacht den Organismus wirklich regeneriere, und die Mutter hatte mich überzeugt, daß nur das vor Mitternacht Geträumte prophetische Kraft habe. Lange Zeit bin ich früh schlafen gegangen, denn ich brauchte ein Vorzeichen, auf das ich mich stützen könnte; es kam eine Zeit, wo ich mich nur, wenn ich den Kopf unter das Deckbett steckte und mir vorstellte, nicht mehr zu leben, geborgen fühlte, wo ich nur, wenn ich mich mit dem Gedanken beruhigen konnte, tot zu sein, in den Schlaf sank. Doch ich floh auch im Schlaf. Ich floh vor diesem Haus.

Ich floh mit geballten Fäusten in der Hosentasche, ich floh mit dem Ehering am Finger, ich floh mit den Kindern auf dem Arm, ich floh in Hochzeitsschuhen und Gummistiefeln, in Schnee und Pfützen, in Busch und Bach, mit der Furcht im Nacken, einem Kloß in der Kehle, mit Gott im Proviant, ich floh mit gegen den Wind gesträubten Haaren, in die Obhut des Windes, machte mir Wind vor auf meinen Fluchten, floh in Standesamt und Gerichtssaal, auf und unter der Erde, aus Hotels und Herbergen, aus Betten und von Matratzen, aus Wohnheim und Wohnblocks, aus Armenhäusern und Umarmungen, vor fremder Schönheit, vor fremder Zärtlichkeit, vor fremder Vertrautheit, ich floh ratlos, kopflos, hoffnungslos, ich nahm Zuflucht zu heimatlosen Gespenstern, zu zufälligen Sünden, zum freien Driften, ich floh ohne Ziel, ohne Fahrkarte, ohne Recht, ich floh in alle Richtungen zugleich.

Und überall, wo ich hinkam, zog ich den Schatten dieses

Hauses nach, je weiter ich floh, desto strammer spannte er sich, er behinderte meine Bewegungen, verlangsamte meine Schritte; an je lichtere Orte ich gelangte, desto mehr zeichnete mich der Schatten; »geh mir aus dem Licht«, hörte ich überall, wohin ich mich wie ein Schatten legte, und lange fristete ich ein Schattendasein, war nur der Schatten meiner selbst, suchte Rettung in den Schäfchenherden der Schlaflosigkeit und dann im Schlaf. Und dann lag ich todmüde in diesem Schatten, in dieser Kälte, und bevor ich endgültig unterlag, verlor ich noch die Sprache.

Jetzt muß ich gähnen. Sobald ich den Mund aufmache, muß ich gähnen; ich gähne in der Nacht, ich gähne am Tag, ich gähne im Traum, in dem ich ein Kreuz am Scheideweg bin, vom Holzfraß verzehrt.

Ich war, doch ich bin nicht mehr.

Chorzów 7 / 2000 – 12 / 2002

Die Originalausgabe erschien 2003 unter dem Titel *Gnój* im Verlag W.A.B., Warschau. Die Übersetzung wurde gefördert vom Literarischen Colloquium Berlin mit Mitteln des Auswärtigen Amtes und der Senatsverwaltung für Wissenschaft und Kultur, Berlin.

Erste Auflage 2007

Druck: Druckhaus Nomos, Sinzheim
Printed in Germany
ISBN 978-3-518-41884-0

2 3 4 5 6 – 12 11 10 09 08 07

Wojciech Kuczok
Dreckskerl

Eine Antibiographie

Aus dem Polnischen
von Gabriele Leupold und Dorota Stroińska

Suhrkamp